CARLOS FELIPE MOISÉS
Ilustrações
MARCELO MARTINS

A deusa da minha rua

5ª edição
6ª tiragem
2020
Conforme a nova ortografia

Copyright © Carlos Felipe Moisés, 1996

Editor: CLÁUDIA ABELING-SZABO
Suplemento de trabalho: LUIZ ANTONIO AGUIAR
Preparação de texto: CARMEM TERESA SIMÕES
COSTA
Edição de arte: NAIR DE MEDEIROS BARBOSA
Supervisão de arte: JOÃO BATISTA RIBEIRO FILHO
Coordenação de revisão: PEDRO CUNHA JR. E LILIAN
SEMENICHIN
Produtor gráfico: ROGÉRIO STRELCIUC
Impressão e acabamento: FORMA CERTA

Dados Internacionais de Catalogação na Publicação (CIP)
(Câmara Brasileira do Livro, SP, Brasil)

Moisés, Carlos Felipe, 1942-
   A deusa da minha rua / Carlos Felipe Moisés ; ilustrações
Marcelo Martins. — 5. ed. — São Paulo : Saraiva, 2005 — (Jabuti)

   ISBN 978-85-02-01949-2
   ISBN 978-85-02-01950-8 (professor)

   1. Literatura infantojuvenil I. Martins, Marcelo. II. Título. III. Série.

97-4250   CDD-028.5

            Índices para catálogo sistemático:

   1. Literatura infantil   028.5
   2. Literatura infantojuvenil   028.5

R. Henrique Schaumann, 270
CEP 05413-010 – Pinheiros – São Paulo-SP

SAC | 0800-0117875
De 2ª a 6ª, das 8h30 às 19h30
www.editorasaraiva.com.br/contato

Todos os direitos reservados à Editora Saraiva
201401.005.006

SUMÁRIO

Prólogo	5
Primeira parte	8
1. Um coração que bate	9
2. Confidência	13
3. A quermesse	15
4. Rita de Cássia	20
5. Pizza & futebol	27
6. A deusa da minha rua	30
7. Todos por um	35
8. A notícia	37
Segunda parte	40
9. O preço da liberdade	41
10. Outras pessoas	43
11. Surpresa	46
12. Agora é pra valer	49
13. No mesmo barco	52
14. Alguma esperança	56
15. Palpite	60
16. Estrambótico	64
17. O resgate	66
18. Vida de cego	69
19. Castigo	73
20. Cair na real	76
21. O mundo desaba	79
22. Gente com terra	82
Epílogo	86

"Deusa da minha rua" é uma valsa de Jorge Faraj e Newton Teixeira, gravada originalmente por Sylvio Caldas, em 1939, para o selo Odeon.
O autor agradece a Zezo Martelletti pela presteza com que localizou e lhe passou a informação. E agradece também a Fernando, Carmen & amigos, pelas sugestões acertadas que deram.

Prólogo

*E*scritores levam fama de mentirosos, uma injustiça... Aliás, caso você não se incomode nem um pouco com a má fama dos escritores em geral, nem com a minha em particular, salte este prólogo e vá direto ao primeiro capítulo. Lá é que começa a história.

Uma história inteiramente verídica. Conheci pessoalmente quase todos os protagonistas, e os que não conheci é como se tivesse conhecido, quase fui testemunha ocular de alguns episódios. Digo quase, porque não sabia que se tratava de episódios. Quantas vezes nos envolvemos em histórias incríveis, sem ter a menor noção de que se trata de uma história...

Na primeira visita que fiz a Dona Laura, viúva de Juvenal, ela me confiou um grosso caderno que tinha pertencido ao filho deles, Edu. "O senhor vai entender tudo", disse ela.

Só entendi metade. "Física e Matemática, Primeiro Colegial", dizia a etiqueta, na capa, mas isso só valia para as primeiras páginas: horário de aulas, primeiras tarefas, umas fórmulas, o maior capricho! Caligrafia de caderno novo, começo de ano... Daí para a frente, as folhas se enchiam de rabiscos e desenhos, muitos desenhos, quase sempre caricaturas: carros de todos os tipos e tamanhos, bichos, gente, expressões, uma mistura de dar gosto.

Às vezes eu reconhecia um ou outro personagem, às vezes havia uma legenda, um comentário. Aprendi logo a identificar a figura mais constante, Fabiana, sempre em pose de modelo, como se fossem esboços de capa de revista. Num deles isso fica bem claro: Fabiana fazendo pose, olhar viajado, mordiscando a própria língua. Dá para perceber que, depois de pronto o desenho, Edu cobriu-o de rabiscos vigorosos, como se quisesse desfazer o já feito, esculpindo em baixo-relevo, com a *ponta da caneta. Leninha aparece duas vezes. Uma, logo no início, caricatura do grupo todo; outra, perto do final: página inteira, só o rosto, cabelos rebeldes, a expressão ao mesmo tempo doce e firme.*

Dona Laura esclareceu alguns pontos obscuros, e eu não sosseguei enquanto não passei tudo a limpo. Fui colher depoimentos de todos os envolvidos, uma trabalheira!, mas o resultado aí está: a verdadeira história de Edu, Fabiana e Leninha, orquestrada por Chaminé e, muito tempo depois, anotada por mim.

Cheguei a pensar simplesmente em transcrever o caderno, intercalando os depoimentos dos demais. (Tenho tudo gravado em fita cassete.) Mas isso não daria uma história, daria um quebra-cabeças gigante, desses que se espalham pela mesa inteira. Da sala de jantar.

Por isso decidi anotar tudo de um jeito simples, a fim de ter uma história com começo, meio e fim, sem nenhuma interferência minha. Aqui é que entra a questão da injustiça que se comete contra os escritores. Explico.

Na vida real, ao relatar um fato, as pessoas não se limitam ao fato em si, vão logo acrescentando a sua interpretação. Você pede a alguém para lhe contar o que aconteceu, a pessoa conta, mas obriga-o a engolir, também, o "verdadeiro" sentido da coisa, que só a dita pessoa sabe qual é — imagine! — só porque participou diretamente ou porque presenciou tudo... Ora, lógico que é exatamente o contrário: só quem não participa, só quem presencia sem saber que está presenciando, é que pode chegar à verdade verdadeira.

Na vida as coisas parecem sempre fora do lugar, à mercê da fantasia de cada um. Já quando relatamos os fatos de maneira bem organizada, como numa novela, a coisa muda de figura. Tudo se encaixa e passa a fazer sentido.

O que posso garantir é que nesta história não existe nenhuma intromissão do escritor. Eu teria muitos palpites a dar, muitos comentários e interpretações a fazer, mas resisti.

A bem dizer, nada nesta história é de minha autoria, nem mesmo o título. Ah, o título!... É que, certa vez, no bar do Rebolo... Epa! Maldita mania de enveredar por atalhos... Se eu fosse explicar aqui o que o bar do Rebolo tem a ver com o título, acabaria contando a história toda...

Melhor começar do começo.

Primeira parte

Um coração que bate 1

Tinha sido um dia cansativo na oficina. Desde manhã cedo, Edu batalhou no câmbio do Maverick de seu Peixoto, ouvindo as reclamações do próprio, dos outros fregueses e até do pai. "Filho tem que ter *menas* regalia que qualquer um", Juvenal dizia. O garoto só teve meia hora para o almoço e logo voltou ao trabalho, até seis e meia. Não deu tempo de jantar. Banho rápido, um copo de leite morno, saiu correndo para o colégio. Quase perdeu a primeira aula, dobradinha de física.

No fundo da sala, meio sonolento, estômago vazio, ele espiou o relógio pela décima vez. Mais quinze minutos, intervalo. "Vai dar pra comer alguma coisa na cantina", pensou.

Dona Zuleide anotou o exercício na lousa, mandou copiar e resolver na hora. Ia recolher, valia para a nota do bimestre.

Edu copiou:

> *Qual a potência de um coração que bate 70 vezes por minuto e bombeia 73 cm^3 de sangue em cada batida, contra uma pressão de 12 cm de mercúrio?*
> *[Densidade do mercúrio = 13,6 g/cm^2; g = 9,81 m/s^2]*

Depois ficou olhando a folha em branco... *A potência de um coração que bate.*

Bem que os amigos tinham avisado: "Colegial noturno não é moleza, meu! Eles não querem saber se você trabalha o dia inteiro, se não tem tempo de estudar, preparar lição. Só vão dando matéria, sem parar". Edu queria fazer o curso de mecânica na Continental, escolinha pequena, ali na praça, mas os pais foram contra: "Nada disso! Vai fazer colegial, no Estado. Depois uma boa faculdade. Economia e administração, engenharia, quem sabe...".

"O Giba é que é feliz", pensou, "na Continental, fazendo desenho técnico... Por que minha mãe é tão amiga da mãe da Leninha?" Dona Míriam, mãe de Leninha, insistia o tempo todo em que a filha devia fazer o colegial. Dona Laura dava todo o apoio...

Quando Edu mencionava a sorte do amigo Giba, a mãe rebatia com o caso de Leninha. "Ela também é tua amiga, não é?" Não adiantou insistir. No começo do ano dona Laura apareceu com o comprovante da matrícula. "Meu filho, a partir de fevereiro você começa a cursar o primeiro colegial. No Estado." Edu tinha olhado meio sem jeito para o pai, à espera de um socorro de última hora. O velho se limitou a dizer: "É pro teu bem, filho".

Um coração que bombeia... A densidade do mercúrio... O que ele gostava mesmo era de lidar com os carros na oficina do pai. *73 cm³ de sangue em cada batida.* Olhou de novo o relógio. O intervalo parecia cada vez mais longe. O pensamento, mais longe ainda.

De repente, lembrou-se do dia em que reparou, pela primeira vez, na placa pendurada na entrada do galpão, dois ou três anos atrás:

> AUTO MECANICA JUVENAL
> MOTOR, CAMBIO, SUSPENCAO, FREIO, CARBORADOR
> ESPECIALISADA EM TODAS MARCAS, NACIONAL E IMPORTADO

Depois de umas consultas ao dicionário, ele corrigiu todos os erros e mostrou ao pai, do alto dos seus treze anos, como achava que devia ser, numa reluzente folha de cartolina.

Juvenal ficou feliz. "Nada como ter um filho instruído." Edu foi encarregado de confeccionar a nova placa e se empenhou com entusiasmo na tarefa. Resolveu incrementar desenhando um carrão esporte importado, um Mustang cor de sangue, que ele copiou de uma revista.

A placa passou a enfeitar a entrada da oficina, onde ele se tornou, aos catorze anos, "auxiliar geral", logo depois "segundo oficial". Aos dezesseis, já era responsável pelos serviços de câmbio e carburação, até os mais complicados, como os do Maverick. O pai só põe a mão quando o enguiço é muito grande.

"Segundo oficial..." Quando o pai comunicou, Edu sentiu orgulho, apesar de não ser nada assim tão especial. Afinal, para valer, eram só ele e o pai. Chaminé, "primeiro oficial", boa gente, piadista, gostava de falar difícil, cantava como ninguém, astral sempre elevado, só servia para isso mesmo, alegrar o ambiente. Pelo menos é o que todos achavam.

Mas Edu aprendeu, com o pai, que não dava para imaginar a oficina sem Chaminé. E um dia ficaria sabendo que não dava para imaginar várias outras coisas sem ele...

Nisso o pensamento voltou para o exercício de física. *Um coração que bate 70 vezes por minuto contra uma pressão de 12 cm de mercúrio.* Edu tentou se concentrar, mas o olhar dançava entre o enunciado e a folha em branco. Não tinha a menor idéia de qual poderia ser a resposta. "Gozado, *coração* num exercício de física..."

Dona Zuleide era boa professora, atenciosa, tratava a todos com respeito. "Ela que me desculpe, mas que história é essa de *potência* de coração? Ainda se fosse potência de motor, qualquer motor... É, a Zu deve ter explicado esse ponto numa das aulas que eu perdi."

Podia ter sido numa quarta-feira, dia do apronto coletivo do glorioso Centenário Futebol Clube, justamente no horário das duas primeiras aulas. "A Zu que me desculpe, mas treino do Centenário é sagrado, que nem jogo, oficial ou amistoso."

Aos catorze anos ("A maior promessa da nossa várzea", conforme saíra na *Gazeta Esportiva*) Edu tinha passado direto do infantil para o principal, como titular, dono da camisa cinco, a mesma que tinha sido de Juvenal, por muitos anos. Difícil saber qual dos dois ficou mais orgulhoso no dia da estréia... *A potência de um coração que bate...*

O que bateu foi o sinal, dona Zuleide mandando colocar sobre a mesa a folha com o exercício resolvido. Só então Edu percebeu que, naqueles quinze minutos, só tinha feito desenhar, a folha inteira cheia de rabiscos e esboços. Nítido, mesmo, só um coração, atravessado por uma seta. Dentro, um nome: *Fabiana*.

Amassou a folha, com raiva, jogou a bolota pela janela, "depois eu me entendo com a Zu", e desceu para a cantina.

Confidência 2

Sábado à tarde, a turma se divertindo por ali, Rafael tinha avistado Edu encostado à cerca do Centenário, o olhar perdido no gramado vazio.

De uns tempos para cá, ele parecia outro, as pessoas já vinham notando. Cada vez mais distraído, desligado de tudo. Logo, logo, seu Nenê, o técnico do time, que tinha feito dupla de meio de campo com Juvenal, ia ter que deixar Edu no banco.

Rafael resolveu dar uma força para o amigo, saber o que estava acontecendo. Edu relutou, mas acabou se explicando: era a Fabiana, paixão total, não conseguia pensar em outra coisa.

— Que que é isso, meu! Esquece! Viu no que deu? Você parece que viajou... O tempo todo essa cara de tristeza. Teu pai tá que não aguenta mais tuas mancadas na oficina. Você não liga pra mais ninguém, pra mais nada. A escola, nem se fala! Lembra domingo, fim de jogo, um a zero pra nós, a bola cai limpinha nos teus pés e você entrega de graça pro centroavante dos homens... Que que é isso, meu!

— Ô Rafa! Se eu me abri com você foi pra você me aconselhar, me ajudar, não pra ficar me massacrando...

— Mas é isso aí, Edu. Tou te aconselhando: esquece! Essa fresquinha da Fabiana não é pro teu bico...

— Não fala assim dela, pô!

— Tá bom, calma. Só tou querendo ajudar.

Rafael fez uma pausa.

— Mas afinal, o que você viu nela?

— O que eu vi? Você tá cego, Rafa? É a garota mais linda do bairro, da cidade, do mundo! O cabelo clarinho, todo ondulado. E os olhos, meu! Nunca vi uns olhos tão verdes! E o nariz! Tem nariz mais perfeito que o dela? O rosto, a pele lisinha, o corpinho de modelo... Só de pensar já fico todo arrepiado. Quando ela anda, então, parece que tá flutuando, que nem astronauta na Lua. E as roupas! Cada dia...

— Chega, chega! Já deu pra sentir. Você tá amarrado nessa guria, pode crer. Olha, não sei se ajuda, mas, primeiro, fique sabendo que isso passa. Segundo, vê se arranja logo outra namorada. Leva ela pra passear, pra dançar...

Edu recusou, entediado. Não conhecia nenhuma garota que chegasse aos pés de Fabiana. Rafael insistiu, argumentou que ele não podia se entregar desse jeito, negligenciar a escola, o trabalho, os amigos.

— E o futebol, cara?! O teu sonho de um dia jogar no Timão?...

— Você acha que isso vale alguma coisa sem a Fabiana?

— Então vai falar com ela! Cria coragem, se declara, manda um caminhão de flores, pinta uma faixa e estende aí na avenida! Quem sabe ela entra na tua...

Para Edu foi a parte mais difícil da conversa. Ele hesitou muito, mas acabou revelando que não era falta de coragem, não.

— Lembra da quermesse aqui no Centenário, antes da final do torneio?

— Quando a gente tava a fim de levantar uma grana pro uniforme novo?

— Então. Todo mundo sabe que a Fabiana, a turma dela, não é ligada nessas coisas. Eles só querem saber de *shopping*, restaurante e festinha nos Jardins, danceteria fina. Mas naquele dia eu bati o olho, de repente, na direção da barraca da dona Floripes e quem que tava lá?

— Já sei! O Batman com a Mulher Maravilha.

— Não goza, pô! Tou falando sério.

— Tá bom, desculpa. Foi só pra quebrar o gelo.

— Meu coração disparou. Eu nem tava acreditando. "A Fabiana aqui? No meu pedaço?", pensei. E fui chegando, todo animado. Sabe o que eu achei? Que ela tava aqui por minha causa, só pra me ver. Já imaginou?

— Já! Já imaginei que você é um tremendo dum panaca.

Rafael lembrou o óbvio, que Fabiana jamais iria a uma quermesse do Centenário para ver alguém, ainda que fosse o craque do time, que ela é do tipo que só vai aos lugares para ser vista, para se exibir.

Edu se rendeu à evidência, deu razão ao amigo. Mas ficou claro que isso não resolvia o problema: ele continuava apaixonado por ela, da mesma forma. Rafael então quis saber, afinal, o que tinha acontecido no dia da quermesse.

A quermesse 3

Tinha sido no ano anterior, pouco antes da final da Taça São Paulo de Futebol Amador. O bairro todo tinha vibrado com as vitórias, os adversários sendo eliminados, um a um. A semifinal foi empolgante: 1 x 0, na prorrogação, gol de Edu, e o Centenário ganhou o direito de disputar a final, em seu próprio campo, no domingo seguinte, contra o Vila Brasilândia.

Foi então que surgiu a ideia de organizar uma quermesse, a fim de arrecadar fundos para o uniforme novo. Um prêmio que o bairro oferecia aos seus craques. A iniciativa foi do Rebolo, dono do bar: "Para uma final importante dessas, nada mais justo que um uniforme novinho em folha".

Já na segunda-feira organizaram tudo. Mais de quinze famílias se comprometeram a montar barracas de comes e bebes; prendas e brindes foram recolhidos para as rifas. Juvenal e Nenê foram juntos à malharia, encomendar o uniforme, e deram sua palavra de que pagariam tudo à vista, com a renda da quermesse.

O entusiasmo de todos tinha sido contagiante. Desde o começo do torneio, o assunto não era outro: as vitórias do Centenário. A *Gazeta* dava cobertura completa toda segunda-feira, e várias chamadas nos outros dias. Vinha gente de longe, repórteres da rádio e de outros jornais apareciam de vez em quando. Correu o boato de que a final teria transmissão direta pela tevê. O presidente da Federação e um secretário do prefeito iriam comparecer, para a entrega da taça.

Por isso conseguiram organizar a quermesse em tempo recorde. Na sexta-feira estava tudo pronto. À tardinha, o povo começou a chegar: a fama das cozinheiras e doceiras do Centenário tinha ultrapassado os limites do bairro. E todos queriam ver de perto, circulando entre as barracas, os craques que iam disputar a final.

Campo iluminado, barracas embandeiradas, gente que não acabava mais. O alto-falante só interrompia as músicas para anunciar o resultado dos sorteios. Edu circulava no meio da multidão, cumprimentando as pessoas, animando a festa.

—Vai dar tudo certo, meu! Sucesso total!— ele comentou, numa rodinha com Giba, Rafael, Marcão e seu Nenê. A preocupação do treinador era com o gramado. "Tem nada, não, seu Nenê", Marcão garantiu. "Com grama ou sem grama *nóis* engole eles. Deixa com a gente." Edu sorriu e se afastou.

Nisso, olhou na direção da barraca mais concorrida, a de dona Floripes. O coração pulou. "Meu! O que ela tá fazendo aqui?" Edu sabia que Fabiana não era de se misturar com "gentinha", como ela gostava de dizer.

Ficou observando. Loira, não muito alta, produzida como se fosse desfilar, aparentando mais do que os seus catorze, quinze anos. Os cabelos estavam impecáveis. Edu reparou na jaqueta de couro, no lenço vermelho displicentemente enrolado no pescoço, o *jeans* de grife. Ela sorria e fazia gestos elegantes, no centro de um grupinho.

Edu sentiu ciúme. Em sua fantasia, gostava de pensar que Fabiana era sua namorada, firme, e que nenhum marmanjo teria coragem de se aproximar dela. Mas logo caiu em si. Ele é que não tinha coragem de se declarar. Estava até conformado com isso. Só que nesse dia, quando a viu na quermesse, sentiu-se meio dono do pedaço e achou que as coisas podiam mudar.

Fabiana avistou Edu, que caminhava em sua direção, e, de longe, acenou. Ele não teve dúvida. "É hoje! Acho que ela tá a fim... Veio aqui por minha causa..."

— Oi! Você por aqui? Bom te ver...

— É... Todo mundo veio pra quermesse... Eu fiquei curiosa, meus pais me trouxeram.

— Legal! Tá gostando?

— Ah, tá divertido, animado. Só acho o som muito estridente, me deixa meio zonza...

Ao se queixar, ela franziu os lábios, numa expressão de choro simulado, como quem pede proteção.

— Deixa comigo. Eu volto já. Me espera.— E correu até o vestiário, onde a turma do Cleto tinha instalado a aparelhagem de som.

Os outros, na roda, foram se afastando, Fabiana ficou sozinha, por uns segundos. O som logo baixou, vários decibéis. Edu retornou, vitorioso:

— Tá melhor agora?

— Está ótimo! Você foi muito gentil. Não precisava se incomodar...

— Que que é isso! Não foi nada. Você merece.

Fabiana inclinou a cabeça para trás, ligeiramente — os cabelos ondularam, suaves —, e semicerrou os olhos emoldurados por longos cílios. Edu quase perdeu o fôlego. Custou para articular uma frase qualquer, as palavras saíam com dificuldade:

— Vo... você... na... não quer um do... doce?

Ela sorriu e recusou.

— Mas se você me convidar pra ir até a barraca das rifas eu vou aceitar.

Edu se virou na direção da barraca, olhou para Fabiana, cara de quem pergunta se é mesmo verdade que ela queria ir com ele a algum lugar. Fabiana sorriu, maliciosa. Foram caminhando. A língua começou a se soltar, mas de repente travou.

Edu tinha uma vaga ideia de como deveriam se comportar, numa hora dessas, os garotões bem preparados, boa-pinta, como os da turma de Fabiana. Passaram-lhe rápido pela mente várias cenas que ele tinha visto, no cinema ou na tevê. Ficou indeciso entre imitar galã de novela ou ser ele mesmo, ao natural. Decidiu-se pela segunda alternativa e a língua se soltou de vez.

Contou das dificuldades com os preparativos da quermesse, foi misturando com o relato de lances do último jogo, descreveu o uniforme novo, que ele ajudou a redesenhar, e, aqui e ali, ia introduzindo uns tímidos elogios à maquiagem ou à jaqueta de couro ou ao *jeans* de Fabiana. Ela dava corda, fingia curiosidade e admiração. E segurava o riso.

— Pronto, taí a barraca das rifas. Tá interessada naquele jarrão vermelho? É o que vai correr agora.

— O quê? Jarrão vermelho? — Ela caiu na risada. — Nem pensar! Esquece. Não tou interessada em rifa, não. Foi só pra gente poder conversar mais à vontade... Aqui tem menos gente.

Fabiana nem disfarçou o arzinho de deboche. Percebeu que Edu flutuava numa nuvem bem alta e acreditaria em qualquer coisa que ela dissesse. Ele não desconfiou de nada, abriu um sorriso de contentamento. Ela sorriu também e passou lentamente uma unha bem polida, pelo lábio inferior, de um canto a outro da boca. Suspirou e murmurou:

—E aí, Edu? Parece que você tá a fim de me dizer qualquer coisa, não tá? Pode dizer...

Edu sentiu mais forte o perfume que se desprendia dos cabelos e da roupa de Fabiana. Ficou em dúvida. "Pego na mão dela? Dou um beijo? Digo alguma coisa? O quê? Ou fico só olhando?"

Foi bruscamente despertado pela repentina aparição do Tavares, pai de Fabiana, dono da marmoraria, da imobiliária, da empresa de transportes e de muitas casas e terrenos no bairro.

Sem cumprimentar ninguém, o homem foi empurrando Edu com o ombro, pegou a filha pelo braço e esbravejou, dedo em riste, enquanto se afastava, arrastando Fabiana:

— Não admito filha minha andando por aí com qualquer um, um pivete sempre sujo de graxa, filho de gentinha!

Edu ficou sem ação, o olhar parado, pai e filha indo embora. Uns passos adiante, Fabiana ergueu a mão direita e, de costas, sem ao menos virar o rosto, tamborilou os dedinhos no ar, em despedida. Quando voltou a si, Edu se sentiu no meio de um sonho mau: dezenas de barracas coloridas, gente falando alto, criançada correndo, o som outra vez estridente.

* * *

Rafael ouviu atentamente, sem interrupções. Terminado o relato, abriu-se um longo silêncio, interrompido por Edu:

— Cara, eu cheguei tão perto! Parece que ainda tou sentindo o perfume dela...

— Poxa, meu! Ninguém podia imaginar... Também, você não deu nem um toque...

— É...

— Mas agora tou entendendo por que que você tava aí olhando pro campo vazio. O campo onde que você deitou e rolou, na final contra o Brasilândia, o mesmo campo da quermesse onde que aquele corno do Tavares e a fresquinha da filha dele aprontaram uma dessas com você... E ninguém tava sabendo...

Edu se limitou a ouvir, cabeça baixa.

Rafael sentiu pena do amigo. E raiva.

— Deixa pra lá, meu! Tá esquentando à toa. — Pôs o braço direito no ombro de Edu e começou a afastá-lo dali. — Deixa pra lá! Eles é que são gentinha, tão precisando mais é de uma lição. Essa Fabiana não te merece. Bola pra frente, meu!

Com os calcanhares unidos, Rafael ergueu do chão uma latinha, fez umas embaixadas e passou-a para o parceiro.

— Vamo embora, Edu. Te pago um guaraná no bar do Rebolo. Depois a gente vê se descola um programinha legal pra hoje à noite. Hoje é sábado, pô!

Rita de Cássia 4

Edu dispensou o guaraná no bar do Rebolo. Preferiu ir para casa tomar um banho. Pediu a Rafael que passasse por ali mais tarde, com a turma, para saírem juntos:

— Mas vê se não demora. Amanhã tem jogo, é bom a gente dormir cedo.

Rafael gostou de ver que Edu estava ligado pelo menos no futebol. O jogo contra o Estrela do Norte, na manhã seguinte, ia ser dureza.

Foi seguindo na direção do Rebolo, onde sabia que ia encontrar o resto do pessoal. No caminho, a sensação confortante de que tinha valido a pena procurar o amigo para uma conversa. Não era justo, pensou, um cara direito, esforçado, um monte de meninas correndo atrás dele, ficar de amarração idiota numa grã-fininha qualquer. "A gente vai ajudar o Edu a sair dessa..."

O amigo nem precisou pedir. Rafael entendeu que tinha sido uma confidência muito especial, ninguém mais sabia do assunto e ele não ia sair por aí espalhando. Vontade não faltava. Rafael achou que pelo menos Giba e Leninha deviam ficar sabendo. Mas se o Edu se abriu com ele e não com os outros... "Não vou trair a confiança de um amigo."

Rafael estava tão mergulhado no pensamento que ia passando do bar do Rebolo. De uma das mesas alguém gritou:

— Rafa! Ô Rafael!

Era Giba, acompanhado da irmã, Teresa, além de Leninha e mais uma garota que ele conhecia de vista, nova no bairro. Rafael atravessou a rua correndo. Foi logo pedindo ao amigo para dividir com ele aquele "harém sensacional".

— Que que é isso, meu! Três de uma vez! Deixa um pouco pra mim...

Teresa e Leninha nem ligaram, já conheciam o estilo espalhafatoso de Rafael. Mas a outra menina ficou sem jeito, baixou o rosto. Ele não teve dúvida. Emendou como se estivesse no palco:

— Ainda não tive o prazer de conhecer a gentil senhorita aqui presente.

Giba, sem parar de rir, ordenou mais um refrigerante à mulher do Rebolo, atrás do balcão. Rafael continuou:

— Permita que eu me apresente: Rafael dos Santos. Mas pode me chamar de Rafa. Um criado ao seu dispor.

A novata ficou ainda mais retraída. Não disse nada, nem ergueu os olhos. Rafael reparou nos cabelos negros, bem cuidados, à altura dos ombros. E no vestido estampado. "Meu! Quanto tempo não vejo uma menina de vestido!" Virou-se rápido e confirmou: Leninha e Teresa, para variar, estavam de *jeans* e camiseta.

Giba tentou deixar a garota mais à vontade:

— Não liga não, Ritinha. O Rafa é assim mesmo. — E repreendeu o recém-chegado: — Senta aí, ô cara! E vê se aprende a se comportar. De vez em quando não custa nada dar uma de bem-educado... Esta é a Rita de Cássia.

Ela ergueu o rosto e Rafael sentiu uma emoção diferente quando viu o belo par de olhos negros, sobrancelhas espessas, cílios longos. E um rosto benfeito, muito sério. Dos lábios dela saiu uma vozinha tímida, meio cantada:

— Muito gosto em conhecê-lo. Chamo-me Rita de Cássia Braga Ferreira.

Tudo era diferente nela, não só o vestido estampado. Além dos olhos profundos, o sotaque lusitano, os pronomes certinhos, as frases caprichadas. E só um esboço de sorriso, mais tímido que a voz.

Rafael fez uma cara de ponto de interrogação.
Giba e Leninha não paravam de rir. Teresa explicou:
— A Rita é portuguesa. Faz menos de um mês que chegou, direto do Porto. Né, Ritinha?
— Porto não. Padrão da Légua. É só uma aldeola, mas é onde nasci...
— Não é perto do Porto?
— Lá isso é...
— E todo mundo sabe onde fica. Mas esse tal de Padrão-não-sei-do-quê ninguém nunca ouviu falar.
— Está bem, deixe estar...
Leninha e Giba pararam de rir, ficaram observando a reação de Rafael. Depois de hesitar um pouco, ele encarou firme os

olhos negros de Rita e abriu seu sorriso todos-os-dentes, cheio de charme:

— Então seja bem-vinda!

Rita de Cássia não foi capaz de resistir. Sorriu para valer, dentes perfeitos, embora não tão numerosos quanto os de Rafael. Em seguida comentou:

— É um tipo mesmo muito giro!

Leninha achou que devia reforçar:

— É, ele é meio pancada mesmo, você acertou.

Teresa corrigiu:

— Epa! "Giro", em Portugal, não quer dizer "doido", não. É "legal", "interessante", "engraçado". Não é não, Ritinha?

— Pois...

Rafael ficou encantado com o sotaque de Rita, com o jeito dela. Era com certeza a garota mais "diferente" que já tinha conhecido. Encheu-a de perguntas. Ela aos poucos foi vencendo a timidez e contou sua história.

Aos sete anos, dois irmãos pequenos, os pais emigraram para a França, para Dijon, uma cidade não muito grande, ao sul de Paris.

— Quer dizer que você fala francês?

— Com certeza! Que língua haveríamos de falar em França? O árabe? O chinês?

— Pô, meu! Demais! — Rafael não escondia o deslumbramento. — E logo, logo você vai aprender o "brasileiro", direitinho.

— Deixa de ser ignorante, cara! — Giba cortou. — A língua da gente não é "brasileiro", é português mesmo, a língua que a Ritinha fala, aliás muito melhor que você, melhor que qualquer um de nós.

— Tudo bem, eu tava só brincando. Mas ela vai ter de dar um jeito nesse sotaque... Se bem que... — Rafael hesitou — se ela perder o sotaque, perde metade do charme.

— Ô Rafa! Dá um tempo! — pediu Leninha, que conhecia a mania de conquistador de Rafael. — Que que é isso! Você acabou de conhecer a menina...

Rita pediu socorro:

— Alguém faz o obséquio de me dizer o que se passa? De que estão a falar? Não percebo!

— Não tem "sebo" nenhum, não. É só papo furado. — Rafael explicou, e acrescentou com ar teatral: — Pode continuar a história, que aliás eu interrompi grosseiramente. Mil perdões!

Todos riram.

Rita prosseguiu, falando da vida difícil de uma família de imigrantes pobres, na França. Ela gostava da escola, onde passava as manhãs e parte da tarde. Mas não tinha muitos amigos. Tinha se dado bem com uma menina carioca, de uma família que morou lá, durante um ano. Contou também que, depois do jantar, seu pessoal costumava se reunir. Os pais contavam histórias da aldeia distante, o Padrão da Légua. Ritinha disse que era um pouco triste, mas muito bonito. Nos fins de semana passeavam pelos arredores.

O interrogatório prosseguiu. O pessoal queria saber tudo: o que ela fazia, o que deixava de fazer, se gostava de música, se saía para dançar, como é que era namorar na França ("Um francês?! Você já namorou um francês de verdade?") e por aí vai.

Sempre gentil, já mais à vontade, Rita foi satisfazendo a curiosidade de todos e notou o espanto que provocou ao revelar que seu passatempo predileto, o que mais adorava fazer na vida, era explorar cavernas.

— Sim senhor! — garantiu. — Por que se espantam? É isso mesmo, cavernas. Sou adepta do naturalismo. Penso que a natureza é um grande mistério a ser explorado.

Os outros se entreolharam, incrédulos. Ritinha explicou que achava fantástico acampar nos fins de semana, participar de excursões, escalar montanhas, sempre à procura de grutas, cavernas e despenhadeiros. Tinha aprendido tudo com o pai, que trabalhava em minas de carvão. Disse que conhecia todos os tipos de terreno, do norte de Portugal e do sul da França, e sabia lidar com os instrumentos e utensílios necessários a uma boa excursão. Quando terminasse o colegial, ia cursar geologia.

Todos se encheram de admiração pela portuguesinha sabida e corajosa, exploradora de cavernas — e cavernas da Europa! Ficaram de organizar uma expedição, para aprender com ela. Giba sugeriu o pico do Jaraguá, mas logo levantou a dúvida:

— Será que lá tem uma caverna legal?

Enquanto especulavam a respeito, Rafael mudou de assunto:

— Diz aí, Ritinha, como é que vocês vieram parar tão longe, aqui neste fim de mundo?

Rita explicou que o pai não gostava da França, nem dos franceses. Trabalho duro, salário baixo, só dificuldades. Um ano antes, eles tinham ido passar férias em Portugal e se encontraram lá com um primo, o Abílio, que tinha acabado de chegar do Brasil, também de férias.

— Quem? Vai dizer que é o seu Abílio, dono do mercado...

— É ele próprio!... Depois — Rita concluiu — meus pais acharam por bem aceitar o convite que lhes fizera o primo Abílio. E cá estamos.

— Pra ficar?

— Bem, creio que sim. Mas isso só Deus é quem sabe...

A conversa continuou por mais algum tempo, passava das sete. Rafael se lembrou:

— Rapaz, que mancada! Eu fiquei de chamar o Edu. Ele tá a fim de sair com a gente. Que é que tem pra hoje?

Giba anunciou que o plano era levar Rita de Cássia a uma pizzaria.

— Você não vai acreditar, cara, mas a Ritinha nunca provou pizza na vida!

— É mesmo?!

— Verdade. Ela só conhecia de ver no cinema. Pensava que era um prato típico americano, que só tem em Nova York ou Los Angeles.

— Que barato!

— Quando a gente disse que aqui em São Paulo tem a melhor pizza do mundo, uma pizzaria em cada esquina, ela ficou morrendo de vontade.

— Então vamos nessa! No caminho a gente recolhe o Edu. Falou?

Pizza & futebol 5

Giba tocou a campainha, Edu apareceu à janela. Saudações, falas cruzadas, algazarra, Leninha comandou:
— Anda logo, cara! Tem um monte de pizza esperando a gente.

Na avenida, tomaram o primeiro ônibus. Rafael notou, feliz, que Edu estava mais animado, conversando com todos, rindo fácil. Pouco antes de chegar à pizzaria, três quarteirões adiante, Leninha afastou-se do grupo e se aproximou de Rafael:
— O Edu tá legal, né? Numa boa... Que papo que vocês tavam levando lá no campo, hoje de tarde? Vi vocês lá, um tempão. Tudo bem com ele?

Rafael sentiu vontade de revelar tudo. As coisas ficariam mais fáceis se ele pudesse contar com um cúmplice como Leninha. Mas se conteve. Desconversou. Disse que ficaram falando sobre o jogo de domingo. Que tinha ido se queixar e recebeu o maior apoio. Que não era justo ele, Rafael, ficar na reserva, só entrando no segundo tempo, quando tudo já estava definido. Que o Edu foi solidário.

Leninha não insistiu.

Depois de uma longa espera, como acontece nas noites de sábado, conseguiram uma boa mesa. Comeram para valer. E aconteceu o inevitável: Rita de Cássia foi o centro das atenções. Edu se interessou, fez perguntas. Ela repetiu a história que já tinha contado e acrescentou uns detalhes.

Na hora da conta, Rafael chamou Edu para ir com ele até o caixa. Propôs dividir por três, eles e Giba, mesmo sabendo que Leninha não ia topar. Ela sempre fazia questão de pagar sua parte. Mas isso foi só pretexto. Ele queria saber o que Edu estava achando de Ritinha. Fez os maiores elogios à garota. Edu concordou, sem entusiasmo.

Rafael insistiu. Se ele tinha ficado interessado na garota, Edu também ficaria, a não ser que ainda estivesse inteiramente fissurado na Fabiana, "aquela peruinha de subúrbio". Mas Edu se limitou a confirmar, quase num gesto de cortesia:

—É, legalzinha. Interessante... Vai firme, cara!

Rafael esqueceu o assunto. Acertada a conta (Leninha venceu: dividiram por quatro, Teresa e Ritinha eram convidadas), tomaram o caminho de volta.

Edu não tinha esquecido o jogo da manhã seguinte. Rafael achou que era bom sinal.

— O Estrela tem um timaço, não vai ser mole. O negócio é dormir cedo, Rafa, a gente tem de estar em forma.

No ônibus, ainda brincaram um pouco com a surpresa e o encantamento de Ritinha, que fez questão de comer pizza com as mãos, como tinha visto nos filmes. Prometeram a ela que, da próxima vez, iam providenciar pizza de bacalhau, numa cantina que o Giba conhecia, no Bexiga.

— Com vinho verde?

— E a Ritinha vai cantar uns fados...

Edu e Leninha moravam na mesma rua, foram os primeiros a se despedir, na avenida; Giba e Teresa foram levar Ritinha; Rafael seguiu, feliz da vida.

Antes de se separarem, combinaram encontrar-se no campo do Centenário, na manhã seguinte. Rita de Cássia nunca tinha assistido a uma partida de futebol. Estrear com um emocionante Centenário x Estrela do Norte era mais do que ela poderia esperar.

* * *

O primeiro tempo foi quase perfeito. Edu, com a corda toda, não se limitou a proteger a defesa, sua função principal, mas se mandou para o ataque mais de uma vez, entendendo-se às maravilhas com Marcão, o centroavante, e Canela, o meia-esquerda. Tomou conta do jogo. O gol saiu de uma de suas avançadas pelo meio. Edu cortou em diagonal, deixou três inimigos de quatro, no chão, e entregou a bola redondinha nos pés de Marcão, de frente para o gol. O placar justo para o primeiro tempo teria sido três ou quatro a zero para o Centenário.

Na arquibancada, a turma comemorava. Ritinha aplaudia todas as jogadas e esclarecia as dúvidas com Leninha, que sabia tudo de futebol. Aliás, de vez em quando ela até participava, melhor do que muito marmanjo. Nas peladas de rua, desde pequenos, ela sempre jogou ao lado de Edu.

No segundo tempo, o técnico do Estrela, raposa velha, substituiu o ponta-direita, que tinha sido anulado por Bira, e reforçou o meio de campo, passando para um quatro-quatro-dois aparentemente defensivo. O que ele fez foi pôr em campo um crioulo forte, camisa catorze, marcador implacável, exclusivamente para grudar em Edu.

O jogo endureceu.

Numa entrada mais forte de um zagueiro adversário, Canela foi a nocaute. Seu Nenê mandou Rafael se aquecer. A turma da pizza vibrou.

Acontece que Edu não aguentou a marcação cerrada do número catorze. Entrou em pane e, com ele, todo o esquema de jogo do time. Edu começou a falhar, uma atrás da outra. Aos trinta e cinco minutos cometeu um pênalti infantil, fruto visível da irritação e da instabilidade. Convertido. Cinco minutos depois, Rafael perdeu um gol, cara a cara. Mandou por cima. Aos quarenta e quatro minutos, bola erguida na área do Centenário, todinha de Edu, ele vacilou, fez que foi mas acabou não indo. Quando o goleiro tentou, não deu mais tempo: o ponta-esquerda deles, um baixinho de um metro e sessenta, acertou a cabeçada e fez 2 x 1 para o Estrela.

Quem mais sentiu a derrota foi Rafael. Não tanto pelo resultado, nem pelo vexame de ter perdido um gol feito, quando ainda estava 1 x 1. Sentiu foi por Edu. Após um primeiro tempo brilhante, em que parecia ter readquirido a antiga forma — Rafael feliz e orgulhoso por ter colaborado decisivamente na recuperação do amigo —, aquele segundo tempo medíocre.

Foi duro reconhecer, mas Edu, mais uma vez, tinha sido responsável por um mau resultado do Centenário Futebol Clube.

Rafael estava desolado. Para ele não havia mais dúvida: aquela peste da Fabiana tinha envenenado a vida do seu melhor amigo.

A deusa da minha rua 6

Edu ficou arrasado. Ninguém o criticou abertamente, mas sua autocrítica bastou para que ele se desse conta do fracasso. Depois do jogo, o pai lhe deu um abraço afetuoso, tapinha nas costas, "Que que é isso, filho? Levanta a cabeça! O mundo não acabou, não. Você ainda tem muito futebol pela frente". Mas ele sabia que Juvenal estava decepcionado. Todos estavam. Pior: *ele* estava decepcionado. "Todo mundo confia em mim, me dá a maior força... É assim que eu retribuo?"

No dia seguinte, ele achou que o trabalho na oficina podia ajudar a esquecer. Logo cedo, começou a enfrentar o carburador de uma Kombi: desmontar, limpar, montar de novo, instalar e regular. Mas não houve jeito. A sensação do erro e do fracasso não lhe saía da cabeça.

Diante da bancada, como um relojoeiro, ele manipulava as pequenas peças do carburador, sem a habilidade de antes. O pensamento voava longe. Ele tinha de começar tudo outra vez.

O pai, debaixo de outro carro, começava a desmontar um motor. Os ruídos múltiplos da rua movimentada chegavam até Edu como se viessem de muito longe. O colorido se transformava numa sombra cinzenta ao lhe atingir as retinas.

No fundo do galpão, Chaminé lidava com qualquer coisa irrelevante. E cantava, o tempo todo.

Edu estava habituado, desde criança, ao vozerio de Chaminé, ora brincando com as pessoas, contando piadas, ora cantando o seu "repertório tradicional", como ele gostava de dizer, quando não havia ninguém com quem prosear. Edu não gostava muito daquelas velharias — valsas, sambas e sambas-canções de Francisco Alves, Sylvio Caldas, Orlando Silva, de vez em quando um Roberto Carlos. Mas Chaminé tinha uma voz afinada, grossa e potente, e aquilo não o incomodava. Nem numa segunda-feira como essa, o *day after* do desastre que tinha sido a derrota para o Estrela do Norte. Por sua culpa.

A manhã ia-se escoando, difícil. Edu queria se livrar da sensação ruim, mas não sabia como. O ouvido atento captava aquela espécie de sinfonia mista, marcada pelos sons variados que vinham da rua, pelas marteladas que o pai aplicava no motor renitente e pela cantoria do Chaminé. Tudo ruído indistinto, pano de fundo sonoro de uma cena que ele esperava pudesse acabar logo.

Nisso, Chaminé mudou de ritmo, começou outra música:

A deusa da minha rua
tem os olhos onde a lua
costuma se embriagar...

De imediato, pensou em Fabiana. "Deusa", sim senhor, não da "rua", mas do bairro. E os "olhos", claro, os olhos desmesuradamente verdes de Fabiana, convite ao sonho, à embriaguez... "A lua", por que não? Os astros, o firmamento...

Edu esboçou um sorriso triste. "No meio das velharias, o maluco do Chaminé foi desenterrar uma música que conta a *minha* história... Era só o que faltava!"

Continuou atento à letra que Chaminé desfiava, com voz límpida e comovida. Falava de uma história de amor impossível, de uma rua "sem graça" cuja única alegria, para o enamorado, era a aparição esporádica dessa deusa inacessível.

O pensamento voou mais longe ainda.

Até que Chaminé entoou os últimos versos:

*Espelho de minha mágoa,
meus olhos são gotas d'água
sonhando com seu olhar...
Ela é tão rica, eu tão pobre,
eu sou plebeu, ela é nobre,
não vale a pena sonhar...*

Edu teve um sobressalto, como se tivesse sido fulminado por uma descarga elétrica. Virou-se para o inocente Chaminé, aos berros:

— Ô negão! Qual é, pô?! Corta essa! Vê se para com essa cantoria imbecil, ô idiota! Já encheu o saco, meu! Não vê que não tá dando pra gente se concentrar no trabalho? Vai se danar!

Chaminé parou, assustado. Juvenal saiu debaixo do carro em que trabalhava, mais assustado ainda.

— Que que foi?
— ?...

Ficaram os dois parados, um na frente do outro, surpresos com a brusca reação de Edu, aquela irritação esbravejante, cheia de raiva contra o cantor de oficina.

O pai balançou a cabeça, em sinal de desconsolo, e subiu para almoçar. Chaminé, habilidoso, logo se deu conta do sucedido e pediu desculpas. Pôs a mão no ombro de Edu, sorridente, sempre com seu palavreado difícil:

— Não me leve a mal, meu dileto e preclaro amigo Edu! Não quis ofender ninguém. Se não é do teu agrado, se te ofende os níveos tímpanos, eu paro de cantar.

Edu se arrependeu, no ato, mas não conseguiu dizer palavra. Chaminé propôs:

— Olhe aqui. Guarde o farnel no refrigerador, a fim de tirar melhor proveito dele no jantar. Eu te convido a vir comigo até a panificadora — Chaminé achava "padaria" muito vulgar. — Pago-te um lanche supimpa.

Edu esboçou um sorriso, encabulado.

No caminho, e no balcão da padaria, diante do magnífico

par de baurus especiais por eles ordenados, Chaminé falou sem parar... de futebol. Conselhos e mais conselhos sobre tática de jogo, postura em campo, domínio de bola...

Eram lições que Edu estava cansado de conhecer, na teoria e na prática. Mas foi confortante saber da preocupação de Chaminé e do esforço com que o amigo mais velho ia alinhavando ensinamentos destinados a prevenir desastres futuros — apesar da linguagem mais empolada que a de comentarista esportivo. Chaminé achou que a irritação de Edu tinha como causa a derrota da véspera. Edu percebeu que o amigo tinha entendido assim e sentiu-se grato. Só por isso o deixou falar, sem interromper. Mas sem prestar muita atenção.

Até que Chaminé insistiu numa frase:

— É uma questão de autoconfiança, meu preclaro amigo. Só isso, autoconfiança.

Edu parou. Chaminé sentiu.

— Que que foi, garotão? Falei alguma coisa errada?

— Não, Cha. Acho que foi a coisa mais certa que você falou... Acho que é isso mesmo. Autoconfiança...

Chaminé deixou que Edu fosse desenvolvendo a ideia.

— Que eu sou bom de bola, todo mundo já sabe, não sabe? Sem máscara. Não tenho de provar mais nada pra ninguém, certo? Então, por que que de repente me dá esse branco e eu enterro o time? Por que que de repente eu dou uma de ruim de bola, se eu não sou ruim de bola? Será que é isso? Autoconfiança? Confiança? Me explica, Chaminé!

— Tás mesmo a fim de saber?

— Claro, né!

— É que você não está em paz com você mesmo. É que você entra em campo a fim de provar outra coisa, não que você é craque...

— Que outra coisa?

— Sei lá! Você é que sabe. Conheço o caso do sujeito que entra em campo para provar que é macho, que é bacana, que é melhor que o pai, melhor que o irmão... Sei lá!

Edu ficou em silêncio, interrogando a si mesmo.

Até aí tinha conseguido se iludir, mas não pôde mais esconder que, afinal, Fabiana é que tinha estado o tempo todo em seu

pensamento. O fracasso da véspera, contra o Estrela do Norte, a má vontade na oficina ou no colégio, a raiva absurda contra Chaminé, tudo tinha relação com Fabiana.

"Por quê?", ele se perguntava. E não era capaz de responder.

Edu continuava em silêncio, pensativo. Chaminé tentou animá-lo.

— Tudo bem com você, agora?

— Tudo bem, Chaminé. Numa boa! Me desculpa, tá?
— Não por isso, não por isso. Você já pode se considerar desculpado. — Chaminé fez uma pausa. — Quer dizer que, daqui por diante, eu vou poder interpretar, de vez em quando, uma ou outra canção do meu repertório?
— Lógico que sim. Pode cantar quanto quiser, Chaminé. E desculpa, tá? Eu não quis te ofender.

Chaminé achou que o assunto estava resolvido. O desentendimento na oficina, sim, mas isso era o de menos. Ele não reparou que Edu continuava deprimido, longe, a cabeça e o coração confusos.

Todos por um 7

Edu acabou se abrindo também com Giba, que por sua vez contou a Leninha, que achou melhor marcar uma reunião para discutir o assunto. Sem Edu. Mas resolveram convocar Chaminé.

Encontraram-se num bar distante, para manter o sigilo.

Conversa daqui, conversa dali, ao se inteirar do que se tratava, Chaminé caiu na gargalhada:

— Com que então, meus preclaros, vocês me tiram do meu sossego, atrasam o meu sagrado jantarzinho, para isso?! A vulgar e corriqueira história de um garotão em crise de paixonite aguda! Só isso? Ora, sim senhor! Tenham a santa paciência!

Chaminé não precisou pensar duas vezes para ligar o caso à irritação de Edu, outro dia, na oficina. Seu riso foi-se amainando, já misturado com um longo suspiro. Pediu mais uma branquinha e prometeu:

— Olha aqui, minha gente, podem deixar tudo por minha conta.

— ?...

— Não se espantem nem sejam tão incrédulos. Eu conheço o remédio infalível para curar paixonite aguda de garotão de dezesseis anos. Cura de vez, para o resto da vida, e não deixa sequelas.

— Tá de gozação, Chaminé? Que remédio é esse?

— Nunca falei tão sério... E o remédio é segredo. A não ser que um de vocês também esteja precisando...

Giba e Rafael se deixaram convencer, acharam que Chaminé era bem capaz de resolver a parada. Mas só aí repararam que Leninha não tinha dito uma palavra, o tempo todo.

— E aí, Leninha, que que você acha?

— Que que eu acho? Bom, com o devido respeito, eu acho que vocês são uns tremendos duns machistas, e uns irresponsáveis. Primeiro, achei legal vocês se preocuparem com o Edu, coisa de amigo. Valeu! E me chamaram...

— Tá vendo como você tá sendo injusta...

Leninha fingiu que não ouviu e continuou:

— Agora, essa história do remédio do Chaminé, cura infalível de paixonite... Qual é?! Sou capaz de apostar que isso tem a ver com a Casa da Lola, não tem, não, Chaminé? Vocês pensam que eu nasci ontem?

Rafael e Giba se entreolharam, ruborizados, não conseguiram dizer nada. Todos os garotos do bairro conheciam a Casa da Lola. Mas ninguém podia imaginar que Leninha soubesse de sua existência.

Chaminé quebrou o gelo, brincou e desconversou. Não confirmou nem desmentiu a suspeita de Leninha. Conseguiu até que ela também, como os outros, deixasse por conta dele acabar com a paixonite de Edu. Mas com a condição que ela impôs:

— Tudo bem, vamos deixar o Chaminé cuidar disso. Mas fica faltando o assunto da lição, o castigo que aqueles caras merecem. Você esqueceu, ô Rafa?! Essa fresca da Fabiana e o calhorda do pai dela vão ter o que pediram. E isso fica por nossa conta...

A notícia

8

Certa noite, depois de fechar a oficina, Edu e Chaminé ficaram fazendo hora no bar do Rebolo. Jogaram conversa fora, comeram alguma coisa. Em seguida, para provar que as suspeitas de Leninha tinham e ao mesmo tempo não tinham fundamento, rumaram para a Casa da Lola.

Toda sexta-feira Chaminé se apresentava ali, a partir das nove, alternando um samba de fossa, um bolerão e uma guarânia, enquanto houvesse fregueses entusiasmados, pedindo bis. Edu ouviu atentamente. Tomou dois guaranás. O movimento estava fraco, saíram antes das onze. Tão puros e inocentes como tinham entrado.

Quanto ao remédio capaz de curar paixonite aguda, ninguém ficou sabendo de nada. Rafael especulou a respeito, o que era, o que não era, mas Edu desconversou. Giba também insistiu. Ele foi irredutível: "Segredo meu e do Chaminé". Só ficaram sabendo que a Casa da Lola tinha entrado no esquema, mas não perguntaram como nem o quê. Edu achou que não precisava esclarecer. E isso passou a ser segredo de todos, até de Leninha.

Mas, qualquer que tenha sido o remédio de Chaminé, eles ficaram sabendo que não tinha funcionado. Edu continuava na mesma, meio desligado, só fazia suspirar.

Um dos resultados do episódio foi o estreitamento de sua amizade com Leninha. Como ela sabia de tudo (só Edu não ficou sabendo que ela sabia até da Casa da Lola...), ele acabou se abrindo com ela para valer, longas confidências... Edu passou a sentir nela uma firmeza e uma maturidade que não tinha notado antes. Não que ficasse mais amigo dela que de Rafael ou Giba ou Teresa. Só era diferente...

Tão diferente que, um dia, no meio de uma dessas confidências, ele olhou bem nos olhos dela, com muita ternura, e começou a chorar. Justo ele, filho de Juvenal, que não se lembrava de ter chorado nunca, diante de ninguém, a não ser diante da mãe ou da avó, quando era bem pequeno.

Leninha pousou o braço no ombro do amigo e chamou-o para perto de si, sem palavras. Ameaçou chorar também. Franziu os olhos e fixou-os no teto, à procura de alguma coisa. Mal teve coragem de pensar, mas pensou. Era seu pensamento mais secreto. Num misto de raiva e obstinação, Leninha pensou: "Será que ele nunca vai perceber? Será que esse cara nunca vai saber do amor que tenho por ele?".

Acontece que, além de ser apaixonada por Edu, desde que nasceu, Leninha era também feminista convicta, a mais politizada da turma, francamente antiburguesa, consciente, nutrindo um ódio firme por gente como Fabiana, seu Tavares e outros mais.

Ela afastou ligeiramente o rosto de Edu e limpou-lhe a última lágrima, com a manga da blusa:

— Você tá se iludindo, meu irmão. Essa gente não te merece.

* * *

Algum tempo depois, uma notícia fulminante se espalhou pelo bairro, de boca em boca, antes de aparecer nos jornais e até na televisão: Fabiana tinha desaparecido. Certa manhã, saiu para o colégio, não voltou na hora do almoço, nem à tarde, nem à noite. Na manhã seguinte, todo o bairro sabia que o pai já tinha ido procurar em casa de amigos e parentes, na delegacia, nos hospitais. Nada! Nenhuma notícia de Fabiana.

Poderia ter sido algum acidente, mas a hipótese foi logo descartada: se fosse isso, logo ficariam sabendo. Ela teria resolvido viajar, sozinha? Também não. Soube-se que suas roupas estavam todas no armário. Ela tinha sumido com a roupa do corpo, mais nada — além dos livros e cadernos.

A última hipótese era... sequestro. O Tavares não é um tremendo dum ricaço?, perguntavam as pessoas na roda de boatos que logo se formou nas mesas do bar do Rebolo. Então... Os mais entusiasmados apostavam que logo, logo a família teria notícia de um pedido de resgate.

Edu sentiu uma fisgada no canto do olho esquerdo — como sempre lhe acontecia, momentos antes de entrar em campo, em jogos decisivos — quando de repente lhe passou pela cabeça a ideia maluca de que Giba, Rafael e Leninha (quem sabe Teresa, Chaminé, até a portuguesinha, Rita de Cássia) podiam estar envolvidos no sumiço de Fabiana...

Segunda parte

O preço da liberdade 9

A espera, no banco de trás, pareceu uma eternidade, mas em seguida foi tudo tão rápido que Rafael não teve tempo de pensar. A porta se abriu e Fabiana foi atirada lá dentro. Ele enfiou o capuz na cabeça da menina e encostou-lhe o cano do revólver no peito: "Quietinha, senão te apago!". Canela acelerou, cantando os pneus.

Durante o trajeto, Fabiana não abriu a boca, soluçava baixinho, encolhida, bem junto dele. "Então é esse o perfume que deixou o Edu gamado?...". Ao volante, Canela dizia um ou outro palavrão, quando o trânsito, já começando a se complicar àquela hora da manhã, não permitia manter a velocidade. Rafael olhava constantemente pelo vidro traseiro. Ninguém os seguia.

Escondido no carro, ele não tinha visto nada, mas deduziu que Giba e Marcão tinham feito sua parte. Ao estacionarem, ainda avistou o Landau do seu Tavares, motorista a postos, aguardando para levar a menina ao colégio. Giba e Marcão saltaram. Ele se agachou no banco de trás. Minutos depois, Fabiana estava à sua mercê. Canela acelerando fundo.

Com o ronco do motor e o barulho do trânsito, ele precisou gritar:

— E aí? Tá chegando?
— Tudo bem, tudo limpo! Fica frio!

Andaram em círculos por algum tempo. Rafael viu quando deixaram a rodovia, cruzaram a ponte e seguiram por uma estrada de terra. A velocidade diminuiu. O carro se sacudia todo e a poeira levantada ia formando uma nuvem lá atrás.

— Ai! Você tá me machucando com esse troço aí!

Fabiana se queixou do cano do revólver, que a cutucava a cada sacolejo. O primeiro impulso de Rafael foi pedir desculpas e até explicar que era de brinquedo. Mas só recuou alguns centímetros e retrucou firme: "Quietinha aí! Nem um pio!".

Logo depois chegaram.

Atrás da encosta, meio escondida pelo arvoredo e pela vegetação espessa, uma casinha. Recuada para a esquerda, numa parte mais baixa do terreno, uma casa maior. Era um sítio, com jeito de abandonado.

Canela saltou do carro, Rafael também, o revólver nas costas da menina. Leninha e Teresa já estavam lá, ansiosas. Empurraram a garota para dentro da casinha e passaram o cadeado. Afastaram-se logo, a uma distância segura do cativeiro, e começaram a festejar, excitados, rindo alto, contando detalhes da façanha.

— Perfeito, cara! Valeu!

— Nunca pensei que ia ser tão fácil.

Depois de um tempo, Leninha se lembrou:

— E o Giba? O Marcão?

Canela tranquilizou-a:

— Beleza, tudo certinho. Eles passaram a mão na menina, jogaram ela pra dentro do carro e se mandaram. Limpo, cara! O Giba e o Marcão ficaram engraçados, naquelas máscaras cobrindo a cara toda, que nem no cinema. O panaca do motorista nem se tocou, vai ver que tá lá até agora, esperando.

— Ninguém viu?

— Ninguém, meu! Uma hora dessas, não tinha ninguém no pedaço. Só nóis.

Durante boa parte da manhã, ouviram os gritos de Fabiana, os murros que ela dava na porta. Tinham tomado o cuidado de esvaziar o quarto, não deixaram nada que ela pudesse usar para se ferir, ou ferir alguém. Depois ela se cansou.

— Ela deve estar assustada com alguma coisa — Leninha comentou.

— É... — Teresa não teve coragem de acrescentar que havia mais gente por perto começando a ficar assustada também.

Rafael e Canela voltaram logo, antes que dessem pela falta deles, e foram devolver o carro, emprestado por Chaminé; era de um cliente da oficina. Rafael tinha inventado uma história complicada, precisavam do carro para fazer uma surpresa a Edu, e Chaminé concordou. Quanto a Leninha e Teresa, as famílias achavam que deviam estar a muitos quilômetros de distância, em visita a uns parentes do interior. Tinham "viajado", na véspera, direto para o sítio abandonado, ali perto.

Donas da situação, as duas vestiram cada uma o seu capuz, caminharam até o cativeiro e abriram o cadeado. Leninha ficou à porta, revólver em punho. Teresa entrou com uma bandeja. Fabiana ergueu os olhos, vermelhos e inchados, os cabelos em desalinho, ameaçou começar a gritar de novo, mas Leninha impôs silêncio, apontando firme o revólver na sua direção. Teresa deixou a bandeja num canto e as duas saíram.

Fabiana se ergueu:

— Ei! Pera aí! Não vai embora, não! Fala alguma coisa!

Mas só ouviu a trava do cadeado, pelo lado de fora. Olhou para a bandeja, um copo, uma fruta, um sanduíche. No alto do que parecia ser uma pilha de guardanapos, um bilhete:

VOCÊ É NOSSA PRISIONEIRA.
O PREÇO DA TUA LIBERDADE É A JUSTIÇA.

Outras pessoas 10

Passava das onze da manhã. Movimento tranquilo na oficina, Edu pediu ao pai para antecipar a hora do almoço.

Foi direto à casa de Leninha, na mesma rua. Dona Míriam atendeu à campainha, enxugando as mãos no avental.

— A Leninha viajou, meu filho, ela mais a Terê, a irmã do Giba. Ontem de tarde, o Gibinha foi com elas até a rodoviária. Elas foram passar uns dias na casa da minha cunhada, lá em Taquaral... Por quê? Era alguma coisa urgente?

— Não, dona Míriam. Nada, não. Só queria saber se ela tava por aí... Ela mais a Teresa? Quando é que elas vão voltar?

— Acho que dois, três dias. No meio da semana elas tão aí.

Edu girou nos calcanhares, se despediu.

Umas quadras adiante, encontrou-se com Giba:

— Oi, cara! Fiquei sabendo que a Teresa viajou...

— É, com a Leninha. Foram pra Taquaral. Parece que uma tia da Leninha tá esperando nenê. Acho que elas foram lá xeretar...

— É... Tudo bem com você?

— Tudo em riba! E você?

O sorriso jovial e a naturalidade de Giba desconcertaram Edu. Ele começou a achar uma tremenda besteira ter suspeitado dos amigos.

— E a Fabiana! Você tá sabendo? — Edu resolveu testar. — Dizem que ela sumiu.

— É, ouvi dizer. — Giba sentiu um ameaço de calafrio. Mas continuou firme. — Mancada, né? Tão dizendo que foi sequestro...

— E o Rafa?

— Que que tem ele?

Giba quase se deixou trair. "Que que esse cara tá fazendo tanta pergunta? Será que tá suspeitando de alguma coisa?" Edu insistiu:

— Você viu ele?

— Não, ainda não vi ele hoje.

— Tudo bem. Se souber de alguma coisa, me diz. Tá na hora do almoço, deixa eu ir. A gente se vê!

* * *

No meio da tarde, Rafael apareceu na oficina, ficou confabulando com Chaminé, antes de chegar até onde Edu estava.

— E aí, Edu! Tudo bem?

— Tudo! Você por aqui? Que que houve?

— Nada, não. Tava passando, vim resolver um assunto aí com

o Chaminé. E também... Escuta, vem cá. Amanhã, dava pra você matar o serviço? Amanhã de tarde.

— Matar serviço? Pra quê?

Rafael buscou Chaminé com o canto do olho, mas ele estava de costas, conversando com alguém na porta da oficina. Sorriu seu sorriso todos-os-dentes, deu um tapinha nas costas de Edu:

— Não, tudo bem. Tem nada, não... É que, sabe o que é, a gente, eu e o Giba... — Quanto mais ele hesitava, mais iluminado ficava o sorriso. Edu começou a sorrir também. Rafael concluiu:

— A gente pensou em te fazer uma surpresa.

— Surpresa?

— É, meu! Não posso contar. Você topa? Diz que topa, vai! Amanhã de tarde, lá pelas três, a gente passa por aqui. Falou?

Edu concordou. Dia seguinte, terça-feira, era dia de provas no colégio. Juvenal andava em boa paz com ele, deixaria o filho sair mais cedo... para estudar.

Rafael se despediu, efusivo. Ainda ficou um pouco na calçada, fazendo piadas com o Chaminé. Edu se esqueceu de perguntar se ele tinha sabido alguma novidade sobre o desaparecimento de Fabiana. Quando se lembrou, já era tarde, Rafael tinha ido embora.

Logo depois, fim do expediente, Edu subiu para tomar um banho e comer alguma coisa antes de ir para o colégio. Passando pela sala, viu o pai de Fabiana, na televisão. O coração disparou. Seu Tavares — desesperado, humilde, não parecia o mesmo homem — fazendo um apelo a quem tivesse notícias da filha. De repente, ele saiu da tela, a voz continuou, e no lugar apareceu uma foto de Fabiana, a mesma jaqueta de couro, o mesmo lenço vermelho que ele tinha visto na quermesse. Edu suspirou fundo.

A voz do locutor anunciou: "Vamos repetir!", e o apelo de Tavares voltou ao ar, sempre atrás da foto de Fabiana:

— Quem tiver notícia do paradeiro da minha filha, por favor entre em contato, vai ser recompensado.

Sobrepondo-se à foto, foram aparecendo os caracteres com o endereço e o telefone. Edu ficou parado, olhando, sem saber o que pensar. Primeiro dona Laura, depois Juvenal fizeram algum comentário, mas ele não prestou atenção. Nada daquilo parecia verdade, tudo parecia o enredo de uma novela. Tinha acabado de acontecer, a poucas quadras dali, mas bastou aparecer na televisão e já eram outras pessoas, outro mundo.

Surpresa 11

Edu levou um susto quando Rafael entrou correndo na oficina, aos berros:

— Cadê o Edu? Cadê o Edu?

Assim que viu o amigo, abraçou-se nele, ar muito assustado, começou a chorar. Edu tentou acalmá-lo, mas Rafael só fazia soluçar e dizer umas frases sem nexo:

— Não deu, Edu!... E agora?... Sujou!...

Juvenal e Chaminé se aproximaram, Rafael não quis conversa, ficou ainda mais assustado. Trouxeram-lhe um copo com água. Já um pouco mais calmo, ele explicou que precisava conversar com Edu, a sós.

Chaminé, normalmente calmo, não se apertava com nada, ficou preocupado. Alguma coisa séria tinha acontecido e ele sabia, só ele podia saber, que tinha a ver com o empréstimo do carro, no dia anterior. Mas na frente de Juvenal ele não podia tocar no assunto. Com o carro não tinha acontecido nada, ele o tinha examinado cuidadosamente, quando Rafael o devolveu. Mas o que teria acontecido com os garotos, a tal surpresa que estavam preparando para Edu?

Juvenal sugeriu que os dois subissem, para conversar lá em cima.

Já na escada, Rafael começou a explicar que a surpresa preparada por ele e por Giba era... Fabiana.

— A Fabiana?! De que que você tá falando, cara?

— Fala baixo, Edu! Fala baixo! Ninguém pode saber de nada!

Rafael falou então do sequestro, ideia dele, do Giba e da Leninha.

— Eu não acredito! Vocês viajaram!... Fala a verdade, Rafa! Tá de gozação?

— Verdade, Edu. Foi assim mesmo. Era só de brincadeira, sabe como é... A gente queria dar uma lição na Fabiana, fazer ela baixar a crista. E no pai dela... A gente achou que ia ser divertido. Depois, a gente queria ver a tua reação. Essa que era a surpresa. A gente ia te levar lá, pôr no mesmo quarto junto com ela, sem nenhum dos dois saber o que tava acontecendo...

Edu começou a achar que podia ser verdade, mesmo. Rafael estava realmente assustado, um susto daqueles era impossível fingir. "Bem que eu desconfiei", Edu lembrou, "mas os caras encenaram direitinho."

— Rafa, que ideia mais imbecil! Vocês não têm um pingo de juízo! Você tá sabendo no que se meteram? A polícia logo, logo, taí! Deu em tudo quanto é jornal, até na televisão... Vocês acham que ainda tão brincando de esconde-esconde, mocinho e bandido?

— É, eu sei. A gente não pensou...

— Bom, mas e daí? Que que aconteceu? Que que deu errado? Me conta tudo, cara! Eu preciso saber.

— Eu vou contar, vou contar... Mas não fica bravo comigo, a gente não fez por mal... Só que danou, cara! Sujou feio!

Rafael começou a contar o que sabia, o que ficou sabendo, por intermédio de Teresa, que naquele momento estava escondida com Giba, no galpão do Centenário.

— A Teresa, aqui? Escondida com o Giba? Mas ela não tinha viajado com a Leninha?

— Não, cara. Foi tudo parte da armação. As duas tavam lá no sítio, tomando conta da Fabiana.

Rafael explicou que ele e Giba tinham pedido ajuda a mais pessoas, acharam que os dois sozinhos não conseguiriam cuidar de tudo. Sem contar Chaminé, que participou sem saber que estava participando (só emprestou o carro e deu a dica do sítio meio abandonado), eles tinham chamado Teresa e Leninha, mais o Marcão e o Canela.

— Quem? Vocês chamaram esses dois pra brincar de raptar a Fabiana?! Rafa, eu não acredito! Você tá careca de saber qual é a fama desses caras! O Marcão nem é do bairro, ninguém sabe onde ele mora... Eles não cobram pra jogar no Centenário? O Canela, todo mundo não sabe que ele já aprontou umas e outras por aí? Meu! Não dá pra acreditar!

— Edu, você tem razão, eu sei. A gente devia ter pensado nisso antes... Pode me xingar à vontade, eu mereço. Mas agora... Pensa bem, Edu, não adianta nada você ficar brigando comigo, só vai piorar tudo...

— Bom, mas conta o resto, vai. Você ainda não disse o que que deu errado.

— Olha, o que eu sei é que quando cheguei lá no Centenário, pra encontrar o Giba, sabe? A gente vinha aqui, buscar você, pra levar lá no sítio, ver a Fabiana...

— Sei, sei. Conta logo. Que que aconteceu?

— Então. Eu cheguei lá, tava o Giba e a Terê, chorando um nos braços do outro, desesperados. A Teresa contou que ela tinha fugido do sítio, de manhã cedo. Tinha vindo a pé, pela estrada, cortando caminho pelo meio do mato. Antes de ver mais alguém, ela encontrou o Giba e os dois foram lá pro galpão do Centenário. Ela tava de um jeito que dava dó...

— Tá bom, Rafael! Depois a gente vê. Conta o resto.

— Bom, a Terê falou que, bem cedinho, ela tava no quarto onde que a Fabiana tava escondida, tinha ido levar alguma coisa pra ela comer. Aí ela disse que ouviu um barulho. Olhou pelo vão da porta e... Edu do céu! Onde que a gente foi se meter? A Teresa viu o Marcão e o Canela, que não tinham nada que estar lá, os dois segurando a Leninha pelo braço. O Marcão apontando um revólver pra ela... Edu, a Terê disse, ela jurou, que não era o revólver de brinquedo que a gente usou...

Edu ficou paralisado.

— Aí, ela diz que saiu correndo, nem olhou pra trás... Não tá nem sabendo o que que aconteceu. Só que eles tão lá, devem de estar. O Marcão e o Canela, com a Fabiana e a Leninha. Acho que agora virou sequestro pra valer...

Agora é pra valer 12

Ao deparar com Marcão e Canela ali no sítio, Leninha se assustou, viu logo que não podia ser coisa boa.

— Oi, garota! — Marcão tentou ser amistoso. — Tu que é a irmã do Giba?

— Não, eu sou a Helena. A irmã do Giba é a Teresa.

Marcão entrou, deu uns passos pela sala, farejando. Canela, até aí só observando da soleira da porta, começou a se aproximar de Leninha, ar zangado, e já foi gritando:

— Seguinte. Brincadeira de criancinha acabou! O negócio agora é pra valer. E nóis — fez um gesto na direção de Marcão — é que tá no comando. Tá me entendendo?

Leninha preferia não ter entendido. Recuou um passo e se colocou atrás de uma cadeira, como se isso pudesse protegê-la de alguma coisa... Mas não abriu a boca. Só ficou olhando firme para Canela.

Marcão interferiu, dirigindo-se a Leninha:

— Cadê a irmã do Giba?

Leninha teve presença de espírito, disse que a amiga tinha ido à cidade. E torceu para Teresa não se denunciar, que ficasse escondida, lá pelos lados da casinha.

— Tu tá mentindo! — Marcão avançou na direção dela. Canela também.

Leninha agiu rápido. Com uma agilidade e uma força que ela própria desconhecia, ergueu a cadeira, com as duas mãos, e

voou para cima de Canela. Pego de surpresa, ele não conseguiu se desviar inteiramente e a cadeirada lhe atingiu o ombro esquerdo. Ele gritou de dor e se agachou. No mesmo instante, Marcão pulou em seu socorro e impediu que a menina erguesse de novo a cadeira. Ela tentou correr na direção da porta, mas Canela, mesmo agachado, agarrou-a pelo calcanhar e ela se estatelou no chão, derrubando uma pequena estante, com vasos e enfeites.

Leninha lutou valentemente, distribuiu golpes para todos os lados, com as mãos e os pés, deu muito trabalho, mas acabou sendo imobilizada. Marcão aplicou-lhe uma gravata e ainda lhe torceu o braço direito para trás. Canela sacou o revólver e começou a esfregá-lo no nariz da garota.

— Tá vendo aqui, ó! Tá vendo aqui! A gente não tá de brincadeira, não. Tá sabendo? Tu podia ficar do lado da gente, mas não quis nem conversa, né? Já veio de bronca pra cima de mim, me atacando. Agora tu vai aprender!

E deu-lhe uma bofetada, com a mão esquerda aberta. O ombro doeu, ele gritou. Mas voltou a erguer o braço, para esbofeteá-la outra vez. Marcão o segurou:

— Chega disso! Não precisa machucar a garota. Vamo é prender ela junto com a outra.

Saíram da sala para a varanda. Se tivessem olhado logo na direção da casinha, teriam visto Teresa se esgueirando entre as folhagens. Ninguém viu. Só então Canela se virou e percebeu que a porta do casebre estava entreaberta. Teresa tinha largado a porta assim, a chave no cadeado. Canela correu para lá. Marcão foi atrás, arrastando Leninha.

Aos berros, Canela escancarou a porta da casinha, mas sossegou ao avistar Fabiana encolhida a um canto, tremendo muito. Marcão atirou Leninha para dentro do quarto e passou a chave no cadeado.

No mesmo barco 13

Em condições normais, Leninha e Fabiana provavelmente jamais se cruzariam. Até aí, tinham se avistado umas poucas vezes, sempre à distância; uma sabia muito bem da existência da outra, mas jamais o admitiriam. Para Leninha, Fabiana era uma figura petulante, odiosa, que além do mais ocupava no coração de Edu o lugar que ela almejava para si; para Fabiana, Leninha era só "uma qualquer", cuja existência ela fingia ignorar.

Desde que tinha começado o sequestro, Leninha não via a hora de se revelar, tirar o capuz na frente de Fabiana, para humilhá-la, para se vingar de todos os desaforos que a outra lhe impunha, pelo simples fato de ser quem era.

A oportunidade se ofereceu, embora não exatamente como ela teria imaginado. Atirada no interior do casebre onde ela própria tinha ajudado a trancar Fabiana, Leninha hesitou por um segundo. Ainda no chão, certificou-se da presença da outra e ergueu-se de um salto. Apesar das dores que sentia — no braço torcido, no pescoço, no rosto, no corpo todo —, partiu para cima de Fabiana, aos socos e pontapés:

— Tudo por tua causa, sua nojenta! Tudo! Gente da tua laia não presta mesmo!

As duas rolaram no chão, se socaram e se arranharam por um tempo, até que Fabiana parou de reagir. Sentou-se no chão, joelhos dobrados, cabeça entre as pernas, e procurou apenas se proteger do ataque, que continuou, mas Leninha logo desistiu. E teve uma crise de choro. As duas caíram num choro convulso, cada qual num canto, uma mais assustada que a outra.

Ficaram assim, um tempo sem conta.

Mais tarde, Leninha se ergueu, enxugou o rosto e encarou Fabiana, que ainda estava agachada, na mesma posição, a cabeça entre as pernas. Só então reparou que a filha do Tavares tinha perdido toda a pose. Suja, cabelo desgrenhado, roupa amarfanhada, jeito de quem não comia nem dormia direito há muito tempo. Leninha teve um pensamento que logo achou meio idiota: "Se Edu olhasse a Fabiana desse jeito, desencanava na hora!". Logo depois, outro pensamento, mais estranho e mais forte que o anterior: não era essa a Fabiana que ela odiava. Quem era, então? Leninha ficou atordoada. Nunca havia experimentado sentimentos tão confusos. Fechou os olhos, o corpo doía, sentiu uma espécie de tontura.

Como que esquecida da presença da outra, Fabiana tinha estirado o corpo e dormia, tranquilamente. Leninha começou a observá-la. O primeiro sentimento foi o de estar diante de uma pessoa totalmente indefesa, desprotegida. A reação foi imediata: "Corta essa, Lê! Deixa de ser frouxa! Essa fulana é tua inimiga...". Leninha não queria abrir mão de seu ódio por Fabiana, mas ao mesmo tempo... Os pensamentos rolavam, cada vez mais confusos, e ela adormeceu.

Quando acordou, já começava a escurecer. Fabiana ainda dormia. "Que loucura!", Leninha pensou, "eu aqui, trancada junto com a Fabiana". Só então começou a se dar conta de que a virada de mesa de Marcão e Canela tinha colocado as duas do mesmo lado.

A raiva contra Fabiana ainda era grande, embora a fúria inicial já tivesse passado. E ela se sentia aturdida pela precipitação dos acontecimentos, a reviravolta, a quantidade de sentimentos contraditórios e pensamentos confusos que vinha experimentando. Mesmo assim, resolveu tomar pé na situação. Achou melhor ter uma conversa franca com a outra, abrir o jogo.

Deu uns passos na direção dela, abaixou-se, cutucou-a no ombro. Sacudiu-a mais forte, até forçá-la a acordar. Tentou ser rude, demonstrar firmeza, nenhum gesto de complacência. Foi direto ao ponto. Explicou a Fabiana que o sequestro não era para valer, era só para pregar um susto nela, e no pai. Mas, depois, Canela e Marcão tinham mudado o rumo, a coisa tinha escapado do controle da turma. Fabiana resistiu, não quis acreditar:

— Mentira! Acha que eu sou boba? Você tá querendo me enganar, tá de armação com essa gente! Que que vocês querem? O dinheiro do meu pai?

Leninha insistiu, contou detalhes. Lembrou até o episódio da quermesse. Mostrou a lógica irretorquível da indignação dos amigos, diante do sofrimento de Edu. Fabiana começou a vacilar.

— Quer dizer então que tudo começou assim? O Edu ficou mesmo gamado? Quer dizer que ele levou a sério aquela brincadeirinha?

A raiva de Leninha voltou:

— Brincadeirinha?! Você acha que pode brincar com os sentimentos das pessoas? Que uma pessoa é que nem um cachorrinho de estimação, uma boneca, um desses brinquedos caros que o teu pai te compra, depois você enjoa e joga fora? Então, bem feito! É isso aí! Você tá recebendo o troco. O plano da gente furou, mas pra isso até que tá valendo...

Fabiana, aos poucos, foi se deixando convencer. Para ela, era novidade. Fora dos romances e novelas, ela nunca tinha ouvido falar de alguém que gostasse tanto de alguém, como a Leninha dizia que Edu gostava dela. Para Fabiana, isso não existia. Para ela, na vida real, as pessoas se divertiam umas com as outras, depois se cansavam, seguiam adiante. Fabiana sentiu uma espécie de bolo na garganta. E uma enorme curiosidade. Crivou Leninha de perguntas.

Foi se dando conta, também, deste outro sentimento, para ela inteiramente novo: solidariedade. Não entendia como é que quatro jovens saudáveis podiam ter se envolvido dessa maneira, podiam ter planejado uma aventura tão arriscada só por amizade... Leninha falou longamente da amizade deles, desde a infância, sempre unidos. Fez o elogio exaltado de Edu — esforçado, trabalhador, bom filho, bom amigo, bom de bola, bom de tudo...

— Leninha do céu! — Fabiana teve um sobressalto. — Você! Você é que é gamada por ele! Você é que é fissurada no Edu! — E se pôs a chorar, um choro manso, baixinho. — Me perdoa, Leninha! Me perdoa! Eu não sabia de nada!

— Eu também não sabia... Quer dizer, gostar do Edu, eu gosto mesmo, desde que nasci. Mas nunca tive coragem nem de pensar nele como... como namorado. Agora que você tá falando... Pode até ser... É, pode ser... Por ele, eu sou capaz de fazer qualquer coisa. Ele nem precisa pedir.

Tarde da noite, as duas ainda trocavam confidências. Por maiores que fossem as diferenças e divergências, decidiram de comum acordo que não lhes convinha alimentar hostilidades. Fosse o que fosse, deviam manter-se unidas.

— Não é gozado, Fabiana? A gente aqui, no mesmo barco...

* * *

Pelas grades da janela minúscula os primeiros raios de sol despejavam um fio de luz que começava a desfazer a escuridão do quarto. Leninha dormia, ocupando metade do colchão. Ao lado, Fabiana, acordada, de costas contra a parede, observava entretida as nuvenzinhas de poeira que desciam em diagonal pela luz da janela e vinham se depositar no canto da parede oposta.

Ninguém da turma, qualquer das turmas, a de Fabiana ou a de Leninha, acreditaria numa cena como essa. Uma ao lado da outra, placidamente à espera de que o dia rompesse.

Leninha se espreguiçou, abriu os olhos. Ao deparar com Fabiana, recuou, encostando-se à parede. Não disse nada. Nenhuma delas disse nada. Apenas se olharam por algum tempo, assustadas e curiosas.

Assim que o dia raiou, elas ouviram barulho do lado de fora. Alguém abriu a porta, as duas recuaram. Era Marcão, com a comida. Comida, modo de dizer: pão amanhecido, café aguado, umas bolachas murchas. Que Fabiana e Leninha devoraram como se fosse uma lauta refeição.

Fabiana sorriu com ironia. Descreveu para a companheira o farto café da manhã que habitualmente tomava no quarto, levado por uma das empregadas:

— Mas nunca tomei um café da manhã tão gostoso!

Depois, começou a chorar. Saudade do pai, da mãe, do conforto da casa.

— E você acha que eu também não tenho saudade da minha mãe, da minha casa? — Leninha retrucou, áspera.
— E do teu pai?
— Meu pai morreu quando eu era pequena. Nem me lembro dele...
Fabiana ficou em silêncio, as lágrimas correndo. Depois estendeu a mão, um pouco trêmula, que Leninha apertou. Ficaram assim um tempo, sem palavras. Em seguida começaram a sorrir, timidamente.
— O que vai ser da gente? O que vai acontecer com a gente?
Leninha tentou consolar Fabiana:
— Eu tenho fé. Tudo vai dar certo. O Giba, o Rafa, a Terê, acho que até o Edu, nessa hora, devem estar fazendo alguma coisa pela gente.

Alguma esperança 14

— Sem essa! De jeito nenhum! A gente tem de contar pra polícia! Não dá pra segurar essa barra sozinho...
Giba insistiu o quanto pôde, mas Rafael foi irredutível:
— Nada de polícia, meu! Nem pensar! Pra começo de conversa, sabe o que ia acontecer com o Chaminé? Ia ser preso no ato, como cúmplice! E o seu Juvenal? O carro do sequestro não tava na oficina dele? Não era responsabilidade dele? Não, Giba, esquece!
Rafael pediu o apoio de Edu.
— Eu sei que você não tem nada com isso, cara. Foi ideia nossa. Mas você vai ficar do lado da gente, não vai?
— Que pergunta idiota, cara! É lógico que vou! A ideia foi de vocês, mas a culpa é minha. Que que eu tinha de arrumar essa gamação pela Fabiana? E sair por aí, contando pra todo mundo?... Agora, o assunto da polícia... Acho que o Giba tá cer-

to, isso é caso pra polícia. Pode virar coisa séria. Mas ao mesmo tempo, não quero nem pensar no Chaminé preso, totalmente inocente, cara! E o meu pai? Ia sobrar pra ele também.

Teresa sugeriu que contassem a Chaminé.

De início, rejeitaram a ideia. Depois concluíram que podia ser uma tentativa. Chaminé já estava envolvido, sem saber, então era melhor que ficasse sabendo de tudo. Talvez pudesse ajudar. "Pior do que tá não vai ficar", Giba rematou.

Já eram quase seis horas, a oficina devia estar fechando. Edu saiu às pressas do Centenário e voltou logo em seguida, com Chaminé.

No caminho, contou tudo. Pela primeira vez na vida, viu Chaminé irritado, irritadíssimo. Edu repetiu o mesmo argumento de Rafael:

— Chaminé, você tá coberto de razão... Mas que que você vai fazer? Bater na gente? Botar a gente de castigo? Contar pra polícia? Nada disso vai adiantar, cara! Fica calmo, Chaminé! E ajuda a gente, pô!

A cena com que eles se depararam ao chegar — Giba, Teresa e Rafael abraçados, os olhos inchados de tanto chorar, a expressão de súplica — acalmou Chaminé de vez. Seu incorrigível otimismo voltou, intacto, transmitindo alguma esperança aos quatro amigos assustados.

Edu já sabia, mas para os outros foi uma surpresa descobrir um novo Chaminé, compenetrado, solidário, inteligente e objetivo. Talvez o Chaminé de verdade, que se escondia atrás daquele sujeito folgado e irresponsável, que todos conheciam... E o novo Chaminé falava língua de gente, normal, como todo mundo, nada de palavreado difícil.

Depois de dizer que a bronca e o castigo que eles mereciam ficavam para depois, ele foi direto ao ponto:

— A gente não tem tempo a perder. Primeiro: analisar a situação. Segundo: ver o que dá pra fazer. Terceiro: agir, o mais rápido possível. Esse Canela eu conheço bem, mas o Marcão, só de ver jogar no Centenário. Aliás, bom de bola, o moço! Bons de bola os dois... Só que aproveitaram a brincadeira inocente de vocês e resolveram dar uma de sequestradores. Bom, vocês têm de me dizer tudo o que sabem sobre eles, tudo. Qualquer detalhezinho pode ser importante.

Aos poucos, Chaminé foi recuperando o bom humor. Conseguiu até arrancar alguns sorrisos de Giba, Teresa e Rafael, que tinham sido só aflição, nas últimas horas. De vez em quando, só de vez em quando, voltava o palavreado difícil.

Rafael foi o primeiro a reparar:

— Gente! Vocês viram que tá dando pra entender quase tudo que o Chaminé tá falando?

A estratégia imediata foi acertada sem dificuldade. Em primeiro lugar, era preciso não despertar suspeitas. Edu seguiria dali para o colégio; Giba e Rafael voltariam para suas respectivas casas, com direito a dar uma paradinha no bar do Rebolo, se tivessem sangue-frio para isso; e Teresa ficaria escondida na casa da mãe de Chaminé, que morava sozinha, numa rua de pouco movimento.

— A Teresa não foi pra Taquaral, com a Leninha? — Chaminé lembrou. — Então, quando a Leninha voltar de Taquaral, isto é, quando for resgatada, com a Fabiana, a Teresa volta de viagem junto com ela. Por enquanto, fica lá quietinha, ajudando minha velha a ver passar o tempo.

Chaminé se incumbiu de ir naquela mesma noite ao sítio, que ele conhecia muito bem, para ver se sequestradores e sequestradas ainda estavam por lá, ou se já tinham mudado de esconderijo.

— Qualquer novidade e eu dou um jeito de me comunicar com vocês. Se não, amanhã logo cedo a gente se vê na oficina. Agora tá na hora de vocês irem descansar. E aproveitem pra pensar um pouco na vida. Vejam se vocês avaliam o tamanho da burrada que fizeram.

Palpite 15

Chaminé fez um relato minucioso de sua investigação noturna. Não tinha averiguado muita coisa, mas o mais importante deu para saber, e era animador:

— Eles ainda estão lá. As meninas estão bem, aparentemente. Cheguei pertinho do quarto, tava tudo escuro, mas deu pra ouvir as duas cochichando. Foi arriscado. O tempo todo tinha um deles do lado de fora da casa, de sentinela, revólver na mão. Por isso, não quis arriscar nada. Se eu tentasse qualquer coisa, arrombar o cadeado, por exemplo, eles iam me ver, ou ouvir o barulho.

— Então a gente arranja uma arma e vai até lá, agora! — Giba quis decidir logo.

— Calminha, meu jovem e preclaro amigo — Chaminé pôs um freio. — Não vamos correr riscos desnecessários. Precisamos de um plano, um plano que nos dê tempo suficiente. Acho que já sei como agir... Passei o resto da noite pensando no assunto.

Chaminé perguntou a Edu se ele estava disposto a enfrentar o perigo. A resposta foi positiva.

— Então você é que vai ser a peça-chave do plano. Seguinte. Ou eu muito me engano, ou aqueles dois panacas resolveram no estalo que a brincadeira ia virar sequestro pra valer. Acho que eles não sabem direito o que pretendem fazer, não têm nada planejado.

— Como é que você sabe disso?

— Palpite. E alguns indícios. Primeiro, vocês me disseram que eles nunca mencionaram a hipótese de sequestro de verdade; toparam desde o início participar da brincadeira, numa boa. Não foi isso mesmo? Muito difícil eles estarem com a ideia fixa nessa coisa desde o começo. Segundo, ontem eles estavam discutindo, brigando muito um com o outro. Não deu pra ouvir o que eles falavam, mas dá pra adivinhar: eles não estão sabendo o que fazer. Aí é que entra o Edu.

— Eu?!

— Sim senhor. Seguinte.

Era um plano meio maluco, quase tão maluco quanto a ideia original dos quatro amigos. Edu apareceria por lá, com todo o sangue-frio possível, oferecendo-se para participar do sequestro para valer.

— E se eles simplesmente meterem uma bala no Edu? — Giba perguntou.

— Eles não vão fazer isso. Primeiro, eles se dão muito bem com o Edu, têm muito respeito por ele, por causa do futebol. Esqueceram?

— Por isso não! — Rafael se ofendeu. — Eu também tou nessa.

— Não se mete, Rafa! Você é reserva, é diferente.

— É isso aí. Com todo o respeito, meu amigo Rafael. — Chaminé prosseguiu: — Além disso, para todos os efeitos, vocês são cúmplices deles, e o Edu só vai aparecer por lá porque vocês puseram ele na jogada. Tão entendendo? É só outro palpite, mas acho que quando eles resolveram virar a mesa, contavam com a colaboração da Leninha e da Teresa, e depois com a de vocês, também. Acontece que uma reagiu e a outra fugiu. Eles ficaram sozinhos, e perdidos. E com duas sequestradas, em vez de uma. Estou quase ficando com pena deles...

— Chaminé, tem dó! Isso não é hora pra brincadeira...

— E o plano é só esse? Infiltrar o Edu? E depois?

— Bem, o Edu vai ter de convencer os caras de que ele precisa ter livre trânsito entre o sítio e a cidade, levar e trazer comunicações, mantimentos, essa coisa toda. Não é um sequestro? Sequestro não tem pedido de resgate? Como é que eles vão fazer? Telefonar? Ir pessoalmente na casa do Tavares? Não! Eles vão precisar do Edu. E se o Edu não continuar a vidinha normal dele, sendo visto por aqui, também, eles vão saber que vai ter um monte de gente atrás dele, etcétera e tal.

— E depois?

— A atuação do Edu vai ser basicamente pra gente ganhar tempo, e pra garantir que os caras continuem lá. Precisamos de pelo menos hoje e amanhã para a execução da nossa parte do plano.

— Nossa parte? Que que você tramou, Cha?

— Muito simples. Eles não sabem, aliás pouca gente sabe, que do lado de lá da encosta que vocês viram, no meio do sítio, perto da casa e do cativeiro das meninas, tem uma cachoeira...

— Que que é isso, Chaminé? Tá delirando? A gente foi lá só uma vez e já viu essa cachoeira. Dá até pra ouvir o barulhinho dela.

— Meu dileto e preclaro amigo, se você não fosse tão afoito e me deixasse terminar a frase, não perderia tempo com um comentário tão impertinente...

— Deixa ele falar, Rafa!

— Pois bem, eu dizia que lá tem uma cachoeira, que no seu afã diuturno produziu uma belíssima caverna, convenientemente escondida pela vegetação, a qual avança justamente na direção do quarto-cativeiro das nossas amigas. Como que eu sei disso? Porque eu trabalhei um tempo para o doutor Simão, o dono do sítio, ajudei a construir aquela casa, o galpão, o quarto de caseiro, onde estão as meninas... Conheço tudo aquilo melhor que ninguém, melhor que o dono.

Teresa, que tinha ficado em silêncio o tempo todo, deu um salto:

— Chaminé! Vai dizer que você tá pensando em cavar um túnel? Aumentar a caverna? Dar uma ajudazinha — como é mesmo que você falou? — pro "fã diuturno" da cachoeira?

— É isso aí, Terê.

— Eu topo! — Teresa não hesitou. — E tem mais. Já sei quem que vai ajudar a gente paca. A Rita de Cássia.

— A portuguesinha? Nada a ver! — Rafael ainda tentou brincar: — Só se ela entrar de agente internacional, Interpol, essas coisas...

— A Rita de Cássia, sim senhor. Tudo a ver! — Teresa insistiu.

E lembrou que Ritinha adorava uma excursão, explorar cavernas, escalar morros, essas coisas. Pelo menos é o que ela tinha dito.

— Gente! A Ritinha sabe tudo sobre gruta, caverna, túneis, galerias... Se manca, pô! O plano do Chaminé não é abrir um túnel da caverna da cachoeira até o quarto da Fabiana?

— E da Leninha, também.

— Então! A Ritinha é a única da turma que tem experiência desse troço.

— É, e por que que você não chama o pai dela também? — Giba se irritou. — Quem sabe, de quebra, a gente ainda descobre carvão, ouro, petróleo... Que ideia maluca!

— Alguém tem uma ideia melhor?

Estrambótico   16

Ao saírem da rodovia, se separaram. Edu seguiu pela estrada de terra, que ia dar na entrada do sítio. Chaminé e os outros foram por um atalho, caminho da cachoeira.

Rita de Cássia era a mais entusiasmada. Graças a ela, o equipamento improvisado pelo grupo incluiu também boa quantidade de estacas, umas cordas e vários itens que os outros nem imaginavam para que poderiam servir. A portuguesinha logo impôs sua autoridade de especialista:

— Como é que pretendem abrir um túnel, em meio à encosta, terreno úmido, sem que as paredes e o teto da escavação estejam bem escorados, por estacas firmes e bem atadas? Vê-se logo que são amadores!

Tudo quanto ela sabia era que iam cavar um túnel e pregar uma peça nas amigas Leninha e Fabiana. Tinha de ser tudo sigiloso, para não estragar a surpresa e Rita de Cássia não quis saber de mais nada. Aceitou logo e já nos preparativos assumiu o comando da operação.

Teresa, sua melhor amiga, sentiu uma dorzinha de consciência:

— Será que a gente não devia contar pra ela, não?

— Nada disso, Terê! — Giba foi taxativo. — Se souber o que tá rolando, ela se assusta e se manda. Aí como é que fica?

Chegaram à cachoeira pouco depois das nove. Chaminé não teve dificuldade em localizar a entrada da caverna. Muito salgueiro-chorão, muito mato alto, era um esconderijo perfeito. Só mesmo conhecendo muito bem o lugar, para saber que ali existia uma caverna.

Entraram todos. Água rasa, até o tornozelo.

— Xi! Essa não... — Rafael se assustou.

— Não se preocupem — Rita tranquilizou-os, depois de dar uns passos no interior da caverna. — É água parada. Há de causar alguma dificuldade, mas nada que nos faça desistir. Mesmo porque, de acordo com o senhor Chaminé, não devemos escavar em linha levemente ascendente, cerca de dez graus? Então, não haverá perigo de encontrarmos mais água.

Chaminé tinha feito um mapa, um esboço do lugar, para orientar a escavação. A caverna distava cerca de quarenta metros da casa, do outro lado da encosta; a diferença de nível, entre a boca da caverna e o topo da encosta, era de uns dez metros. Como a casa ficava um pouco mais abaixo, calcularam que a escavação teria de subir ao todo uns sete metros, a contar do ponto de partida.

Enquanto os outros preparavam o material, Rita e Chaminé exploraram a caverna até o seu limite e retornaram, com ar preocupado. Debruçaram-se sobre o mapa, fizeram contas e mais contas, voltaram a medir, refizeram as contas. Verificaram que a inclinação deveria ser maior, quinze e não dez graus. Chaminé por fim concluiu:

— Pessoal, vai dar mais trabalho do que a gente pensava. A caverna não segue a mesma linha até o fim, ela dobra à direita, mais adiante. O afã incansável da natureza só realizou metade do nosso trabalho. Eu esperava mais do que isso. Só vai dar pra aproveitar uns vinte metros da caverna. Daí pra frente, é por nossa conta: um tunelzinho de vinte metros. Vocês acham que dá?

— Vam'embora! Pau na máquina! — Rafael já foi se apossando de uma pá.

Todos seguiram até o ponto assinalado por Rita de Cássia e começaram a trabalhar. Rafael e Giba enfiavam as pás, com vigor, na terra que não oferecia grande resistência; Rita e Teresa iam enfileirando os baldes.

Chaminé anunciou:

— Bom, pessoal, firme aí no batente. Eu vou voltar pra oficina e segurar as pontas por lá, no caso de alguém perguntar por vocês. Não se esqueçam da vida, hein! Na hora do almoço vocês voltam e de tarde a gente continua. Aí...

Chaminé hesitou. Não sabia se falava de Edu na frente da Ritinha, ninguém tinha contado a ela sobre a perigosa missão do filho de Juvenal.

— Aí eu me encontro com o Edu... Vocês sabem... E vamos ver se ele tem novidade.

Chaminé quis dizer que todos se encontrariam com Edu, se tudo tivesse dado certo com ele... Se tivesse conseguido convencer os sequestradores, Edu também estaria de volta pela hora do almoço. Caso contrário... Chaminé não precisou dizer nada.

— Até mais ver, meus preclaros!

Ele mal se afastava, Rita de Cássia comentou:

— Valha-me Deus! Que linguajar mais estrambótico tem este senhor Chaminé!

Todos caíram na gargalhada.

— Estrambótico, é? Estrambótico, Ritinha?!

— Com certeza! — Ela confirmou. — Mas também não é lá caso para estarem aí a fazer tal escândalo.

E logo mudou de tom:

— Ao trabalho, seus mandriões! Ao trabalho! Basta de pândegas!

O resgate 17

Ao retornar do sítio, passava um pouco da uma da tarde, Edu foi direto para a oficina. Assim que o avistou, Chaminé respirou aliviado. Limitaram-se a um rápido "Tudo bem? Tudo bem!", o polegar erguido.

A turma da escavação já estava de volta às suas casas e ocupações habituais. O plano caminhava bem. Só estavam preocupados com o atraso de Edu.

Logo depois Chaminé convidou Edu para irem até a... panificadora. Entusiasmado, o garoto relatou o encontro com os sequestradores. O palpite de Chaminé tinha sido certeiro:

— Os caras não tão sabendo o que fazer, meu! Tão mais perdidos que cego em tiroteio... com perdão da palavra...

Explicou que, de início, eles desconfiaram. Mandaram-no embora, ameaçaram atirar. A pretexto de revistá-lo, Marcão agarrou-o e fez Canela sair correndo na direção da estrada, para se certificar de que ele tinha ido sozinho. Aí se acalmaram, mas continuaram fazendo ameaças.

— Eu disse que tava sabendo da virada que eles tinham dado e que achei uma boa essa do sequestro pra valer. Inventei que tinha problema de doença na família, dívida do meu pai, sei lá o quê, e que então eu tava a fim de entrar nessa grana, com eles. Disse que o Giba e o Rafa tavam me apoiando, e na retaguarda, prontos pra colaborar.

— Como é que eles reagiram?

— Numa boa, acreditaram. Só disseram que não vão dividir o resgate com ninguém. Que vão me gratificar, é só eu fazer o serviço direitinho.

— Quanto que eles prometeram te dar?

— Aí é que tá! Eles não sabiam nem o resgate que tavam a fim de pedir... Quando eu perguntei, o Marcão desconversou, o Canela disse "No mínimo cem mil". "Cem mil o quê?", eu falei. Sabe o que ele disse? "Cem mil, pô! Cem mil... cruzeiro." Aí o Marcão corrigiu: "Tu quer dizer real, *real*, né, panaca!". Então eu expliquei que cem mil era mixaria, que eles tinham de pedir um milhão. Dólar.

Edu contou que os dois estavam lá com um jornal velho espalhado em cima da mesa, tesoura, cola e papel. Tinham tido a brilhante ideia de mandar um bilhete recortando letra por letra. Ele foi incumbido da tarefa. Por isso demorou, não pôde chegar antes do almoço, conforme o combinado.

Chaminé explicou que tinha cuidado de tudo, na oficina. Disse a Juvenal que Edu tinha ido socorrer um conhecido, que estava com o carro enguiçado, longe dali.

— Legal, Cha! Tudo bem! Agora... — Edu fez uma pausa. — Tem um lado ruim... Antes de começar a recortar o bilhete, eu pedi pra deixar a Leninha ir embora, que ela não tinha nada com a história, o resgate era com a Fabiana. Mas não adiantou, eles recusaram. Disseram que a Leninha, além de ser muito marruda, era a garantia deles, que a gente não ia tentar nada errado enquanto ela tivesse lá com eles. Que eles vão libertar ela junto com a Fabiana, depois que receberem o resgate. Então eu pedi pra eles não fazerem nada de mal pras meninas, eles prometeram. Pedi pra ver as duas, eles me levaram do lado de fora da casinha. Espiei pela janela. As duas tavam lá, quietinhas. Nem me viram... Chaminé, me deu um aperto... Mas eu fiquei firme.

— Valeu, Edu. Você fez tudo certo. E o bilhete?

— Tá aqui. Eles disseram que era pra eu entregar.

Rafael tirou do bolso da camisa um pedaço de papel e desdobrou-o:

TaVAres
SI quizÉ vê tuA fiLHa coM vIda vAi
ajuNTAndo Hum miliao de doLAr
Si Avisá a PoliÇA OS joRnaL telEvisaO
nóiS aPaga eLLa
AGuarDa INstrussAo

— Beleza pura, Edu! Você é que responde pela autoria desta maravilhosa peça literária?

— Eu? Eu não! Vê lá, Chaminé! Eu não sou nenhum Jorge Amado, mas assim também é demais. Eles é que iam dizendo, letra por letra. Eu só recortava e colava.

— E como que você pretende fazer para entregar o bilhete?

— Sei não, Chaminé. Por isso que vim falar com você. Que que você acha?

— Que que você acertou com eles?

— Do bilhete?

— Do bilhete e do resto.

— Bom, aquilo que a gente tinha combinado. Que não era pra eu ficar lá o tempo todo com eles, que eu tinha de estar por aqui. Eles acabaram concordando. Hoje eu entrego o bilhete e amanhã de manhã eu volto, com as coisas que eles pediram. Comida e água. E eles querem uma garrafa de cachaça.

— É, esses dois são mais imbecis do que eu pensava. Sequestradores que confiam no amigo da sequestrada e pedem cachaça pra se embebedar...

— Que que eu faço, então?

— Nada!... Joga fora esse bilhete e volta lá amanhã, com o que eles pediram. Mas vê se não demora como hoje. Inventa uma desculpa qualquer e vem logo pra cá. Amanhã pela hora do almoço nosso túnel já vai estar mais ou menos debaixo dos pés deles... Falando nisso, preciso ir. Você, vê se come alguma coisa e descansa um pouco.

Vida de cego 18

Chaminé voltou à escavação, no meio da tarde, com Giba, Rafael, Teresa e Rita de Cássia. Edu ficou na oficina, contrariado. Mas, além de ter de ir para o colégio, ele ainda precisaria cuidar das encomendas de Marcão e Canela.

Ao chegar, Chaminé já pôde avaliar, pela quantidade de terra acumulada na entrada da caverna, o esforço realizado pela turma, na parte da manhã. Ritinha informou que tinha corrido tudo bem, a medição continuava precisa. O túnel tinha avançado mais de dez metros.

Túnel não seria bem o termo. Era um buraco largo, onde cabia folgadamente uma pessoa, de cócoras, com espaço suficiente para o vaivém da pá e dos baldes, em movimentos não muito largos. Decidiram que Chaminé e Rafael iam se revezar na pá. Giba e as meninas, em fila indiana, cuidariam de escoar os baldes.

E assim trabalharam horas e horas, sem parar.

De repente, um susto: a lanterna apagou-se, um breu só. Naquele momento, estavam todos dentro do buraco. Teresa gritou, assustada. Giba procurou acalmá-la. O vozeirão de Chaminé se fez ouvir:

— Quem que tá no fim da fila?

Era Teresa.

Rita de Cássia deu a ordem:

— Ó Teresinha! Vá à entrada da caverna e traga as baterias de reserva.

Teresa entendeu que "bateria" queria dizer "pilha". Foi engatinhando pelo buraco e, ao chegar à caverna, outro susto: já tinha anoitecido, estava totalmente escuro. Ela voltou a gritar. Giba foi em seu socorro, esbarrou nela. Esta logo o agarrou pela cintura, "Giba? É você? Tou com medo!". Os dois começaram a se arrastar por uma das paredes da caverna, até a entrada, onde estava o material. Mas eles não enxergavam nada. O matagal era um bom disfarce, mas em compensação... Afastaram um pouco a folhagem espessa e um fiozinho tênue de lua, brilhando ao longe, sobre as águas da cachoeira, entrou na caverna. O suficiente para eles avistarem o vulto dos trastes, ali adiante.

Os dois caíram sobre os pacotes e mochilas, tatearam, vasculharam tudo. Nada de achar as pilhas de reserva.

Desolado, Giba voltou à entrada do túnel, onde os outros aguardavam. Estufou o peito e gritou para dar a má notícia.

— Não precisa gritar — Rafael reclamou. — Tou aqui do teu lado.

Era estranha a sensação de não enxergar absolutamente nada e depender apenas da fala e da audição para se comunicar. De olhos fechados ou abertos, era a mesma coisa. Tudo parecia ter crescido à volta deles, negrume infinito. O espaço dava a im-

pressão de ter se tornado ilimitado, até que a ponta dos pés, ou das mãos, ou uma voz, anunciasse o limite de alguma coisa. Giba ficou atônito com a descoberta. Tentou explicar a Rafael o que estava sentindo, mas este perdeu a paciência:

— Corta essa, Giba! Papo furado! As pilhas, cara! Cadê as pilhas?

Giba contou que a busca foi inútil. Rafael gritou para dentro do buraco:

— O Gibinha tá dizendo que não achou pilha nenhuma!

Rita de Cássia não se conteve:

— Já se vê! Já se vê! As baterias tinham ficado mesmo a cargo do senhor Giba... Onde as meteu? Uns amadores!...

Chaminé comandou:

— Tudo bem, pessoal, tudo bem! Não é o fim do mundo. A gente já tinha feito um bom trabalho até aqui, tá mais ou menos dentro do plano. Um por um, vamos saindo. Cuidado pra não tropeçar nem se machucar nas ferramentas.

Logo depois estavam todos fora da caverna, contemplando a lua enorme espalhada sobre as águas da lagoinha.

— Ufa! Que alívio!

Rafael começou a rir:

— Rita! Você tá parecendo um rato de bueiro... É lama só!

— E tu? Com o que pensas que te pareces?

Foram todos lavar pelo menos as mãos e o rosto.

No caminho da volta, Giba se aproximou de Rafael:

— Rafa, o que eu tava querendo te dizer, aquela hora, é que eu acho que descobri como que é vida de cego.

— Só você? Todo mundo, né? É isso mesmo. É só ficar no escuro.

Pouco antes de entrar na avenida, despediram-se, cada um seguindo seu caminho.

* * *

Depois do jantar, Edu se recolheu. Embrulhou os mantimentos que tinha trazido do mercado de seu Abílio. O dia tinha sido agitado, mas não lhe saía da cabeça a cena que ele tinha avistado da janela do casebre, Leninha e Fabiana sentadas no chão, uma ao lado da outra, muito quietas. "Nem parece que até um dia antes a Leninha tinha a maior bronca da Fabiana", ele pensou.

Dormiu em seguida. Sonhou que estava numa nuvem muito alta. Uma mulher lindíssima acenava, chamando-o, o rosto coberto por um véu. Não dava para ver quem era.

Castigo 19

Leninha sacudiu Fabiana:

— Acorda, Fá! Ouvi uma voz aí fora, parece a voz do Edu.

Fabiana despertou, no ato. "Do Edu? Que que ele tá fazendo aqui?" Leninha repetiu: "Acho que é o Edu!". Ficaram as duas à espreita, ouvidos atentos.

Por mais duas vezes, a voz que Leninha tinha ouvido voltou a chamar, primeiro por Marcão, depois por Canela.

— É ele! Tenho certeza! — Leninha exultou.

De dentro do casebre, elas não podiam ver nada. A janela dava para o matagal, do outro lado. Fabiana se ergueu e começou a girar de um lado para o outro, nervosa. De repente, gritou:

— Edu! Eduuuuuu! A gente tá aqui!

Leninha gritou também. Pararam, à espera de alguma resposta. Voltaram a gritar mais uma vez, depois desistiram. Não ouviram mais nada.

* * *

Edu estranhou não encontrar nem Marcão nem Canela, de guarda, do lado de fora da casinha. Gritou, voltou a gritar. Só então Canela apareceu, fazendo sinal para ele entrar. Na soleira da porta, ia mostrar o pacote de mantimentos quando ouviu os gritos de Fabiana e Leninha.

Estremeceu. Parou a um passo de Canela. Este arregalou os olhos, segurou-lhe o pulso com a mão direita, pôs o indicador esquerdo sobre os lábios, ordenando silêncio. Sem soltá-lo, encostou a porta, com a mão livre, e foi puxando o garoto para dentro da casa.

O pulso de Edu começou a arder, tal a força com que o outro o agarrava. Canela apertou mais forte, com raiva, e rosnou entre os dentes:

— Que que é isso, meu! Tá pensando que nóis é otário, é? Cadê o *bilete*? Tá se achando mais esperto que nóis, é? Eu te segui, cara! Te segui o caminho todo! Vi que tu foi mas é bater papo com aquele crioulo metido do Chaminé! Depois foi direto pra oficina do teu pai... Seu safado!

Edu não teve tempo de inventar uma desculpa. Escondido atrás da porta, Marcão ergueu o braço direito e aplicou-lhe violenta coronhada na nuca. Edu desabou e Canela quase foi junto. Tinha agarrado com tanta força o braço do menino que se esqueceu de largar.

Um fiozinho de sangue começou a correr por debaixo dos cabelos de Edu. Canela ameaçou abaixar-se, o outro o impediu:

— Deixa ele aí!

Sentaram-se à mesa, abriram o pacote e começaram a comer. Edu gemeu baixinho. Eles prosseguiram. Esvaziaram meia garrafa de cachaça.

No chão, o sangue tinha estancado. Ficou uma rodela vermelha. Edu voltou a gemer e a se contorcer, em movimentos lentos. Os dois olharam e viram o garoto tentar erguer a mão na direção da cabeça, mas parou no meio, o braço pendido ao longo do corpo.

— Que que a gente vai fazer com ele?
— Deixa ele aí, já disse!

Canela tomou mais um gole de cachaça e se levantou:

— Vou levar o de comer pras menina.
— Vai não! Elas tão de castigo!
Fez uma pausa, abriu um sorriso e emendou:
— Em vez de comida, elas vão ganhar de presente o amiguinho delas.

A um sinal de Marcão, os dois agarraram Edu pelos braços e o arrastaram até a casinha. Abriram o cadeado e o atiraram para dentro, como um fardo.

— Isso é pra vocês aprender com quem que tão lidando!

* * *

A cabeça no colo de Leninha, Edu gemia. Parecia um talho fundo, uma placa de sangue coagulado, empapando os cabelos. As duas fizeram o possível. Tentaram limpar, com o pouco de água que tinham, mas nem podiam tocar na ferida, parece que doía muito: mesmo sonado, sem dizer palavra, Edu gemia sem parar e afastava as mãos delas.

— Eduzinho do céu! Que que a gente foi fazer?... — Leninha soluçava. — Eu é que merecia estar sofrendo, aí, no teu lugar. Por que que eu fui ter aquela ideia!

Fabiana tentou reanimá-la:

— Que que é isso, Lê! A culpa não é minha também? Esqueceu?

Depois de uma pausa, elas se agitaram:

— Olha! Ele tá voltando! Tá abrindo os olhos! Acho que vai ficar bom...

Demorou um pouco, mas Edu recuperou os sentidos. Ao abrir os olhos, a vista ainda turva, deu com a expressão familiar de Leninha. Esboçou um sorriso. Depois virou ligeiramente o rosto, para fixar melhor o vulto à sua direita.

— Fabiana? É você, Fabiana? Cadê a Fabiana, Lê?
— Sou eu, Edu. Sou eu, a Fabiana.
— É você? Deus do céu! Que que eles te fizeram?! Você tá ferida? Eles te machucaram?

— Não, não aconteceu nada. Tou só precisando de um banho. E uma roupa limpa...

Edu estendeu o braço direito e tocou com os dedos o rosto de Fabiana, enquanto a mão esquerda continuava segurando a de Leninha.

Cair na real 20

Edu se ergueu, amparado por Leninha, e ensaiou uns passos. Mesmo cambaleante, anunciou: "Já tou melhor. Tudo bem". Deu mais uns passos, sozinho, e parou. Começou a observar as

duas garotas. Fabiana olhou para Leninha, que por sua vez já olhava na direção de Fabiana. Edu percebeu que as duas se estudavam, uma querendo saber da outra qualquer coisa que elas próprias talvez não fossem capazes de explicar. Ele menos ainda.

De repente, gesto instintivo e simultâneo, os três se abraçaram, comovidos, e ficaram assim por algum tempo, de pé, bem juntos, sem dizer nada.

Depois se sentaram, começaram a falar ao mesmo tempo. Cada um tinha mil confidências a fazer aos outros dois. Edu ficou surpreso de ver o entendimento franco, às vezes um pouco ríspido, mas sempre muito franco, que Leninha e Fabiana tinham estabelecido. "Parecem velhas amigas", ele pensou. Mas em seguida corrigiu: "Inimigas íntimas, aliadas".

Instigado por elas, ele acabou falando abertamente de seu sentimento por Fabiana. De início, parecia relutante em revelar segredos e intimidades — ainda mais a quem! —, mas aos poucos foi encarando tudo com mais naturalidade. Reconheceu, por exemplo, que Fabiana era uma estranha para ele, uma pessoa que ele só conhecia superficialmente, não sabia quase nada a seu respeito.

— Como que pode, meu?! Alguém se apaixonar por uma pessoa desconhecida... Será que não tem nada a ver?

Edu se perguntou, e às duas, se nesse assunto de namoro, amor, gamação, não devia entrar também um pouco de conhecimento, amizade...

— Amizade é uma coisa, amor é outra! — Fabiana afirmou, taxativa, não propriamente para discordar do que Edu estava insinuando, mas para firmar posição.

Leninha frisou que não acreditava, de jeito nenhum, em amor sem amizade. E Edu complicou um pouco mais:

— Amizade já é uma forma de amor, você não acha, Lê? Vocês não acham?

Edu se lembrou da longa conversa que tinha tido, uma vez, com Chaminé, a lengalenga que o amigo desfiou sobre o amor na história da humanidade, na poesia, na música. Pensou em contar a elas um pouco daquela conversa, só um pouco, caso se lembrasse do palavreado difícil de Chaminé. Mas lembrou-se também de que eles tinham emendado a conversa com uma visita noturna à Casa da Lola... Sorriu meio encabulado e não tocou no assunto.

Olhou bem para Fabiana e Leninha e de repente percebeu que, ao se lembrar de Chaminé, lembrou-se do resto: o sequestro, o túnel... Deu um salto:

— Meu! Vocês perceberam o que que tá acontecendo? Vocês esqueceram que a gente tá preso, *preso*! E jogando conversa fora... Meu, a gente tem de cair na real! Vocês não tão nem sabendo do que deve estar rolando lá fora...

Só então Edu lhes falou do plano de Chaminé, do túnel que a turma estava escavando. Contou detalhes, falou com entusiasmo da participação de Ritinha, sem a qual eles não saberiam nem como começar.

— E meu pai? Minha família? — Fabiana quis saber.

— Não sei — Edu respondeu. — Eles não têm nada com isso. Também devem estar tentando alguma coisa, sei lá. Mas eles não sabem de nada. Ninguém sabe. A gente resolveu agir por nossa conta.

Fabiana pareceu desolada, Edu tentou confortá-la. Disse que ela podia confiar, que o plano de Chaminé era perfeito, ia dar tudo certo.

— E a gente? Que que a gente podia fazer pra ajudar?

Leninha teve uma ideia:

— A gente pode cavar aqui também!

— Boa, Lê! Genial!

— Olha, tem duas colheres que eles deixaram aí. E tem aquela latinha...

— Vamo nessa!

O mundo desaba 21

Passava das três da tarde, nenhuma notícia de Edu. Alguma coisa tinha dado errado, Chaminé já não tinha mais dúvida, e começou a se preocupar. Mas sua decisão foi rápida. Apanhou a mochila, deu uma desculpa a Juvenal e saiu.

Passou pela casa de Giba e Teresa, que foram à procura de Rita de Cássia, enquanto ele foi buscar Rafael. Encontraram-se todos no pontão da avenida e seguiram para a cachoeira.

Teresa foi incumbida de contar tudo à portuguesinha. As duas caminhavam mais atrás, gesticulavam muito, os outros não ouviam o que diziam. Só torciam para Rita não desistir agora.

Um pouco depois, elas se aproximaram.

— Tudo bem! A Ritinha tá com a gente. Só que ela ficou ofendida... Me mandou dizer que ficou muito ofendida porque a gente tentou enganar ela.

— Não é bem assim! — Rita cortou. — O que me magoa é vós não terdes confiado em mim, desde o princípio. Isso de me haverem ludibriado é até secundário...

— E tem mais... — Teresa ia acrescentar, mas antes olhou para Rita de Cássia, fez uma pausa e foi em frente. — A Ritinha topou continuar, numa boa, porque ela tá a fim do Rafa...

— "Tá a fim?!" Que vulgaridades são essas, ó Teresa! O que disse, muito simplesmente, foi que este rapaz, o Rafael, me inspira alguma simpatia, como é natural... Só isso! O que conta, porém, é que o Edu deve estar em apuros, assim como as duas pequenas, necessitados portanto do nosso apoio. Só isso!

— Só isso, Ritinha? — Chaminé sorriu malicioso. — Então, tá legal! Em nome da turma, eu te agradeço. A família penhorada agradece, viu, Ritinha! Obrigadão, hein! E vamos em frente!

* * *

A escavação tinha progredido bem, na parte da manhã. Pelos cálculos iniciais de Chaminé, confirmados pelas medições de Rita, já deveriam estar a dois ou três metros do alvo. A qualquer momento chegariam ao casebre, que era de chão batido, segundo a informação de Chaminé.

— Pelo sim, pelo não — Chaminé ponderou —, vou buscar a picareta. Vai ver que o doutor Simão mandou cimentar... Vocês aguentem firme aí!

Chaminé foi se esgueirando pela toca, de volta à entrada da caverna. Rafael e Giba, revezando-se, passaram a cavar com mais vigor. Ritinha e Teresa faziam o que podiam, percorrendo um caminho cada vez mais longo, para se desfazer da terra colhida nos baldes.

Em dado momento, ao tentar enterrar a pá, Giba encontrou resistência. Forçou, pediu a ajuda de Rafael, mas não conseguiram fazer a pá penetrar. Não era terra. Podia ser uma pedra, ou o chão de cimento...

— É, acho que a gente vai precisar da picareta... Cadê o Chaminé?

A lanterna estava pendurada num gancho, a poucos metros. Resolveram trazê-la para perto do obstáculo. Rasparam um pouco e viram que parecia tijolo. Os quatro tentaram ver de que se tratava, acotovelando-se no limite do túnel.

— Calma, pessoal, calma! Não dá pra todo mundo se amontoar aqui. A gente vai acabar morrendo sufocado. Deixa a Rita dar uma olhada.

Ela se arrastou, aproximou-se e apanhou a pá. Começou a cavar verticalmente, rente ao tijolo. Isso deixou à mostra mais dois ou três. Nisso ela parou, com um gesto brusco:

— Não se movam! Não façam o menor movimento! Ou muito me engano ou estamos exatamente a escavar à beira de uma parede, pelo lado de fora da casa. A qualquer momento, toda esta terra acima de nós pode vir abaixo. E neste caso seremos, com toda a propriedade do termo, soterrados.

Com muito cuidado, ela começou a cavar mais abaixo, e

adiante, numa linha que formava noventa graus com a dos tijolos à mostra. O buraco foi sendo ampliado, abriu-se um pequeno patamar, agora sem inclinação ascendente. Ela então ordenou que os outros três recuassem, só por precaução. Achava que ainda havia perigo de o teto do túnel desabar em cima deles, ali junto à parede, do lado de fora da casa.

Rita se aninhou no fundo do patamar e insistiu:

— Afastem-se, já vos disse! Podem deixar por minha conta. Agora é só escavar para o alto e...

Antes que ela terminasse a frase, o teto desabou. Ela ainda pôde ver a enorme massa de terra que caiu no vão que a separava dos companheiros. Por uma fração de segundo, a luz brilhou: estavam a céu aberto. Mas ao mesmo tempo, a parede cedeu e logo em seguida outro volume de terra desabou, direto sobre a cabeça dela. Rita de Cássia ficou sufocada, os olhos arderam e ela não pôde ver mais nada.

Gente com terra 22

Debaixo da terra, sem poder se mexer, Rita ouviu gritos, tentou gritar também, mas a voz não saía. Nisso sentiu que lhe apalpavam a cabeça. Era a mão de alguém. Tentou levantar-se, mas estava presa pela terra. Respirava com dificuldade, estava quase perdendo os sentidos.

Aquela mão agiu rápido, foi raspando ao redor, liberou os olhos, o nariz e a boca de Rita de Cássia, que então pôde respirar. Outras mãos surgiram, ela conseguiu desvencilhar o braço direito e foi puxada para cima. Pareciam espectros, todos eles, fantasmas de um país subterrâneo. Ela reconheceu Leninha. Ninguém a reconheceu.

Antes que dissessem qualquer coisa, ouviram passos lá fora e em seguida alguém mexendo no cadeado.

Marcão tinha ouvido uns ruídos estranhos, correu para ver o que era. Diante da porta do casebre, não notou a parede semidesabada, do lado oposto. Abriu o cadeado. Canela, uns passos atrás, revólver em punho, olhava em redor.

Nisso ouviram uma voz muito nítida, enérgica, vinda do terreno em frente:

— Canela! Marcão! Larga a arma! Não se vira! Larga a arma!

Era Chaminé, ajoelhado a poucos metros deles, empunhando não a picareta mas um reluzente revólver.

Ao ouvir a ordem, Canela se virou, instantaneamente, e começou a atirar. Deu dois tiros. Antes de dar o terceiro, antes de conseguir mirar a figura de Chaminé, deitado no chão, recebeu um balaço certeiro, no joelho. Desabou, urrando.

Marcão tinha se virado, tomado de surpresa pela rapidez com que tudo aconteceu. Ficou de costas para o casebre e foi atropelado por quatro vultos aterradores, mistura de gente com terra: Leninha, Fabiana, Rita de Cássia e Edu. Caíram todos sobre ele, ao mesmo tempo, distribuindo pancada. Assustado, ele já foi erguendo os braços, antes mesmo que Chaminé lhe encostasse o revólver no nariz.

Leninha e Edu, que tinham batido nele com mais vontade, caíram extenuados. Todos começaram a falar ao mesmo tempo. Ninguém sabia ao certo como tinha sido, mas todos entenderam o que tinha acabado de acontecer: o sequestro estava terminado, os sequestradores fora de combate.

Chaminé deu a ordem:

— Alguém vai buscar umas cordas, pra amarrar esses bandidos.

Ritinha foi. Contornou o casebre, à procura da parte do túnel que tinha desabado, rente à parede, e só então se lembrou dos três companheiros que tinham ficado para trás. Quase morreu de rir quando deu com as cabeças dos três, olhos esbugalhados, ameaçando sair para fora da terra.

— Ritinha? É você? — Rafael gritou. — Que que aconteceu? A gente ouviu tiro... Quem que gritou daquele jeito?

Ela fez um ar de deboche:

— Não aconteceu nada! Só o que houve é que três esquilos assustados, metidos em suas tocas, perderam a melhor parte: está acabado o sequestro! Entre mortos e feridos, salvaram-se todos. Vós também...

Alguns minutos depois, Marcão e Canela estavam fortemente amarrados. Talvez nem fosse preciso... O ferimento de Canela parecia feio, ele não conseguia sequer ficar em pé, e Marcão estava semiembriagado. Mas Chaminé não quis correr o menor risco.

Quis saber se os da turma estavam bem, se tinham condições de caminhar. O ferimento na cabeça de Edu doía um pouco, mas ele disse que dava para aguentar. Rafael se queixou de que, no desabamento do túnel, tinha caído uma viga sobre sua perna. Rita de Cássia correu para ver o que era.

— Pessoal! — Chaminé comandou: — Tudo resolvido! Ago-

ra é só voltar pra casa.— E virando-se para Marcão e Canela: — No caminho a gente deixa esses dois aí na delegacia.

Todos se levantaram e pegaram a estradinha de terra, a caminho da cidade.

Edu e Giba ajudaram a escorar o coitado do Canela. Rita de Cássia ficou o tempo todo ao lado de Rafael, à procura de algum ferimento que exigisse os seus cuidados. Ele de vez em quando gemia e tentava esconder seu sorriso todos-os-dentes. Leninha, Fabiana e Teresa, nessa ordem, a maior parte do tempo, caminharam juntas, abraçadas.

Chaminé cantava um samba-canção do seu velho repertório quando o sol, enorme, começou a declinar na linha do horizonte, vermelho-ouro.

Epílogo

Pois é. Acabou-se a história. A história que eu prometi contar no "Prólogo", tá lembrado? Acabou-se. The end. A pesquisa que eu realizei foi só até aí, o final da escavação e o término do sequestro.

Já sei, já sei. Você deve estar se perguntando, ou querendo me perguntar: e depois? O que aconteceu depois? Bem, eu poderia dizer, como se dizia antigamente: "E depois" já é outra história, que fica para outra vez. Afinal, o que você acabou de ler é uma história completa, com começo, meio e fim, e eu não prometi nada além disso. Ou prometi?

Está bem, não precisa insistir, nem macular a ilibada honra da progenitora de ninguém — como diria Chaminé. Vou contar. Antes, porém, alguns poréns.

Em primeiro lugar, se você não leu o prólogo é melhor esquecer este epílogo. A não ser que... Bem, faça como você achar melhor. Segundo, não organizei os fatos posteriores em sequência cronológica; não tive paciência para checar as informações; não colhi depoimentos específicos. Portanto, não posso garantir a veracidade do que aconteceu depois, conforme procedi no tocante à história propriamente dita. (Esta última frase parece que saiu com duplo sentido. Pensando bem, fica assim mesmo.)

Terceiro, só vou oferecer um pequeno resumo. Se fosse contar tudo o que sei, ou acho que sei, sobre o que aconteceu depois, precisaria escrever meia dúzia de livros do tamanho deste. E acho melhor começar de uma vez, se não você vai pensar que me distraí e, em vez de um epílogo, estou escrevendo outro prólogo.

* * *

A turma, a turma toda, só voltou a se reunir um mês depois — trinta e cinco dias, para ser exato, no aniversário de Fabiana.

Durante anos e anos, Tavares & família, apesar de morarem ali mesmo, nunca se misturaram com o pessoal do Centenário. As festas na sua mansão eram frequentes e famosas, todo mundo ficava sabendo de tudo, mas nunca, jamais, ninguém do bairro tinha sido convidado para uma delas.

Havia alguns felizardos chamados, no dia, para ajudar os garçons, os manobristas ou a turma da cozinha; havia outros, felicíssimos em serem convocados, no dia seguinte, para dar conta da faxina. Ficavam o tempo todo de olho arregalado; aproveitavam para passar a mão numa coxinha, uma empadinha ou um brigadeiro; e, para coroar esse momento de glória, ainda viravam atração na central de fofocas instalada no bar do Rebolo, durante pelo menos uma semana.

Qual não foi, portanto, a surpresa de todos ao serem convidados pessoalmente, pelo próprio Tavares, para a grande festa da décima quinta primavera de Fabiana. (Você viu só como o estilo do Chaminé pega?) Eu disse todos: os que você está cansado de conhecer, protagonistas da nossa história, e muitos mais. Tavares abriu as portas do casarão para todo o pessoal do Centenário. E não deixou de convidar também os frequentadores habituais, que ninguém do bairro conhecia.

Você já imaginou a mistura? Giba, Edu, Teresa, Leninha, Rita de Cássia; dona Míriam, dona Floripes, Juvenal e dona Laura, seu Rebolo e a mulher; o treinador Nenê acompanhado de alguns craques do Centenário Futebol Clube; dona Zuleide, a professora de física, dona Diva, mãe de Chaminé, além do próprio, numa elegância de paralisar, com seu terno branco, sapato bicolor — todos eles cruzando-se no salão com mauricinhos e patricinhas de várias idades, a mais fina flor da sociedade elegante e papariquenta que frequentava a roda dos Tavares...

Por que o pai de Fabiana teria tomado uma atitude tão inusitada e estapafúrdia? Não me pergunte. Sou capaz de tentar explicar e este livro não termina nunca... Tire você as suas próprias conclusões.

Eu bem que podia ter ido, mas não fui. Chaminé insistiu, mas não tendo sido convidado pessoalmente, e não tendo vocação para penetra, achei melhor não. Limitei-me a comparecer por duas noites ao bar do Rebolo, na semana subsequente ao aparatoso festim (epa, olha o Chaminé aí outra vez...), e fiquei sabendo...que, no meio da festa, ao passar por uma rodinha de madames, Tavares ouviu alguém comentar qualquer coisa a respeito dessa gentinha que, não se sabia como, tinha invadido a casa dele. Ele não hesitou. Afastou duas ou três matronas com uma cotovelada só, ergueu os braços e fez um discurso empolgado.

A música parou, a festa parou, todos pararam. Ninguém acreditou no que estava ouvindo. Perda de tempo reproduzir tudo. Dois ou três dias depois, tanta gente recitou para mim o discurso todo, no bar do Rebolo, que decorei o finalzinho:

— Vocês não passam de uns pilantras, uns vigaristas! Tão aqui por causa do meu dinheiro, tão querendo tirar uma lasquinha! Tão aqui porque apreciam uma boca livre e tão sabendo que na minha casa tem sempre do bom e do melhor... Agora, o aniversário da minha filha, a minha Fabianinha... Vocês não tão nem aí! Nem sabem direito quem que ela é ou deixa de ser... Mas esse pessoal que vocês têm a coragem de chamar de "gentinha", esse pessoal tá aqui porque eles são amigos da minha filha, entendeu? Eles tão aqui porque gostam da Fabianinha e ela gosta muito deles. Tão me ouvindo?

Foi um escândalo... Mas já era de madrugada, o sol começava a raiar, e o grupo das madames se dispersou. Um a um, os ofendidos foram se retirando, sem dar vexame.

* * *

Pouco depois, Edu e Leninha começaram a namorar firme, não se desgrudavam para nada. Ela perguntou muitas vezes se ele tinha esquecido Fabiana. Ele jurou que sim, que estava tudo terminado, que Fabiana não significava mais nada para ele. Só então ela aceitou.

Edu largou o colégio, antes do final daquele ano, com planos de se juntar ao amigo Giba, no curso de mecânica da Continental. Dessa vez, os pais não fizeram objeção. Aconte-

ceu que, antes do início do ano letivo, Juvenal se foi desta para melhor e a vida de Edu mudou.

A "Automecânica Juvenal" fechou, Edu vendeu o prédio e comprou um pequeno apartamento para a mãe, nas imediações do campo do Centenário. Com o que sobrou, tornou-se sócio de uma concessionária de automóveis. Consta que entrou dinheiro do Tavares no negócio. Não sei se é verdade, mas, se for, nada mais justo. Não foi graças a Edu que ele ganhou uma nova filha, além de economizar um milhão de dólares?...

Por falar nisso, comentou-se muito, no bar do Rebolo e em outras partes, sobre o misterioso sumiço da filha de Tavares. Mas o caso não foi adiante. Ninguém ficou sabendo ao certo se tinha havido sequestro ou não. Graças à influência de amigos poderosos, Tavares conseguiu que a polícia ficasse de fora, para não prejudicar as "negociações". Que negociações? — pergunto eu... O fato é que a polícia não tomou conhecimento. A imprensa, logo após o oba-oba do primeiro dia, se desinteressou. Natural então que as pessoas se perguntassem: teria sido sequestro mesmo? Nem pedido de resgate houve... Três dias depois, a menina não estava ali, sã e salva?

Falou-se muito, é verdade. Dona Míriam, por exemplo, achou sucinto demais o relato que Leninha e Teresa fizeram dos dias que passaram... em Taquaral. Dona Diva, mãe de Chaminé, não entendeu bem aquela hóspede simpática, que saía todos os dias e voltava suja de terra. Os outros pais, não sei se notaram que, naqueles mesmos dias, a garotada andou numa agitação incomum, as roupas e os tênis enlameados, dois, às vezes três banhos ao dia. Quanto a Fabiana, não se sabe que versão deu ao pai, mas deve ter sido convincente. Falou-se muito, mas acabaram mudando de assunto, e ficou por isso mesmo.

* * *

Você acredita que Edu ficou rico? Não tão rico quanto Tavares, claro, mas juntou uma nota preta, com a tal da concessionária. E se casou com Leninha. Foram morar num condomínio elegante, às margens de não sei que rodovia, e parece que ainda não têm filhos. Ouvi dizer que insistiram com dona Laura para que fosse viver com eles, ao menos para fazer companhia a dona Míriam, mas ela não aceitou. Preferiu continuar em seu pequeno apartamento.

Da janela da sala ela avista um bom pedaço do gramado do Centenário, onde o falecido e o filho brilharam um dia, cada um na sua época. Em noites de luar, a vista é uma beleza e ela pode suspirar à vontade. Das janelas do condomínio elegante, que gramados dona Laura avistaria? Que suspiros daria?

* * *

Giba e Teresa, um dia, a convite de Leninha, acabaram indo passar um fim de semana em Taquaral. A tia de Leninha tinha dado à luz e eles foram visitá-la, agora para valer. Leninha voltou, mas Giba e Teresa gostaram tanto que resolveram ficar. O pai logo se ajeitou, em negócio de plantação de laranja, Giba arranjou colocação num banco e Teresa... Teresa morre de saudade da turma do Centenário, mas está noiva do filho do prefeito da cidade...

* * *

Quem entendeu menos da história toda foi doutor Simão, dono do sítio. Seu contador, a certa altura, alertou-o para o desperdício que era aquele sítio abandonado. Analisaram a situação, fizeram as contas e resolveram investir naquelas terras. Mandaram demolir a casa e o casebre, tiveram vaga notícia de um estranho buraco encontrado no terreno — não havia terra que chegasse para tapá-lo — e se associaram a um grupo internacional, para construir ali um magnífico hotel-estância, cinco estrelas... A cachoeira, com certeza, teria lugar de destaque no projeto. E a caverna, é claro, a caverna...

A caverna talvez ficasse sob a responsabilidade de Rafael e Rita de Cássia, também namorando firme, sonhando com a agência de turismo que pretendiam montar, especializada em excursões a cavernas misteriosas, grutas fantásticas, despenhadeiros fascinantes...

* * *

Faltou alguém? Sim, Marcão e Canela. Marcão passou uma noite na delegacia. Chaminé testemunhou em seu favor, inventou uma história sobre uma tentativa de assalto ao sítio e ele logo foi solto. O caso de Canela foi um pouco mais complicado. Ele mal parou na delegacia, foi direto para as Clínicas e não houve como relaxar: foi lavrado boletim de ocorrência. O rapaz precisou ser operado e ficou uma semana de molho. Quando teve alta, voltou direto para a delegacia, de camburão. Mas Chaminé, outra vez, estava lá. Não se sabe como, conseguiu dar um jeito. Canela também foi solto e nunca mais se ouviu falar dele.

Fabiana? Bem, Fabiana é um capítulo à parte.

* * *

Fabiana mudou. Quer dizer, a família toda mudou-se. Tavares vendeu o casarão, foi morar nos Jardins, mas não só manteve como ampliou seus negócios no Centenário. Na verdade, passou a estar mais presente do que antes nas atividades do bairro. Dizem — repito: dizem — que se tornou uma figura simpática, até cumprimenta as pessoas. Consta — repito: consta — que um dia chegou a tomar um cafezinho no bar do Rebolo, em pé, cotovelos no balcão encardido. Eu não vi nada disso... Mas você insistiu para eu contar, não insistiu?

O campo do Centenário, já isso eu posso confirmar, passou por grande reforma, vestiários novos, nova arquibanca-

da, e todos dizem que aí entrou o dedo do Tavares. Da noite para o dia, várias ruas do bairro apareceram asfaltadas, a praça arborizada — e aí parece que houve influência de políticos da região, apadrinhados de Tavares.

Fabiana foi estudar nos Estados Unidos e nunca mais voltou. Se voltou, nunca mais apareceu no bairro, que no entanto guardou dela uma lembrança indelével. Pouca gente, no entanto, conhece a verdadeira história da homenagem que lhe prestaram. O fato de nunca mais ter voltado colaborou para transformá-la em mito, uma espécie de deusa...

Aí é que entra o bar do Rebolo. Foi por intervenção de Tavares que o bar progrediu, avançou sobre as casas vizinhas e virou o grande restaurante que é hoje. Parece que o nome — Deusa da Minha Rua — foi sugerido por Chaminé. Ou por Edu. Não se sabe.

O que se sabe é que o ex-boteco é hoje frequentado por enorme clientela, que vem de todas as partes da cidade. A grande atração da casa é o mesmo "Bacalhau à Rebolo", dos tempos antigos do bar, hoje disputado a tapa, no almoço e no jantar.

Mas a casa tem outras atrações. O luminoso, à entrada, anuncia: "Jantar dançante às sextas e sábados. Domingo: música ao vivo". Só não diz que a atração musical fica a cargo de Cleto e sua banda, que se revezam com... Chaminé, ninguém menos que Chaminé. Meia hora cada um. Lá pelas oito da noite, Cleto e sua banda atacam, milhares de decibéis, adrenalina pura. Na meia hora seguinte, a figura ímpar de Chaminé sobe ao pequeno palco, desfia uns causos, conta umas lorotas, naquele seu palavreado inconfundível, e entoa as mesmas canções que passou a vida cantarolando na oficina de Juvenal.

Durante o dia, Chaminé é relações-públicas da concessionária de Edu. Só dá expediente à tarde. Pela manhã, cuida de dona Diva, que não anda bem de saúde. Seu expediente consiste em prosear com o patrão, sempre que solicitado por este, nas horas de pouco movimento. Às vezes ele sai para "visitar clientes vip", ou seja, vai embora mais cedo, quando lhe dá na telha. (Honra seja feita, Edu não se esqueceu do amigo.) Nas noites de sexta e sábado, ele se apresenta no Deusa da Minha Rua.

Tem sido assim desde a inauguração, dois ou três anos depois do aniversário de Fabiana. A inauguração do Deusa foi um acontecimento! Juvenal já não estava lá para conferir, mas dona Laura compareceu, ao lado de Edu, Leninha e dona Míriam. Eles me honraram convidando-me para a sua mesa. Lá estava o Tavares, com seus amigos mais chegados, perto da mesa do seu Nenê; lá estavam Ritinha, Rafael, Giba, Terê, o resto da turma. Lá estavam todos, enfim. Alguns, só alguns (esta suposição corre inteiramente por minha conta), com o pensamento voltado para a grande ausente: Fabiana.

A atração do restaurante é mesmo o "Bacalhau à Rebolo", mas para uns poucos a atração maior é... Chaminé. Entre esses poucos, lembro-me de ter avistado, na noite de estréia, numa das mesas perto do palco, Waltinho, Julinho, Zezo, Yaco, Wilson, Noro — convidados especiais de Chaminé. Todos se levantaram e aplaudiram de pé, do início ao fim, o número que inaugurou as atividades artísticas da casa:

A deusa da minha rua
tem os olhos onde a lua
costuma se embriagar...

A deusa da minha rua

CARLOS FELIPE MOISÉS

Apreciando a Leitura

■ Bate-papo inicial

Edu é um garoto bom de bola, tem futuro no time do Centenário, dá duro na oficina mecânica do pai, estuda à noite. Vida apertada, mas os problemas de Edu só começam quando ele se apaixona pela filha de um sujeito muito rico, que mora no bairro — a Fabiana. Edu não consegue aproximar-se dela e acaba levando um fora muito grosseiro do pai da garota. Daí, Leninha, Rafael e outros amigos de Edu, sem ele saber, resolvem vingá-lo e sequestram Fabiana, de brincadeira, só para dar um susto nela e no pai. Entretanto, a coisa vira um sequestro de verdade quando dois malandros, a quem a turma pedira ajuda, tomam conta da situação. É hora de Chaminé, mecânico, colega de trabalho de Edu, pessoa cheia de expedientes e muito esperta, ajudar a garotada a resolver o problema, o que acontece depois de uma sequência de lances de muita aventura.

■ Analisando o texto

1. O autor abre o prólogo escrevendo: "Escritores levam fama de mentirosos". Daí ele se defende, dizendo que esta história é "inteiramente verídica". E, mais para frente, escreve "Limitei-me a tomar nota do que ouvi". Você acredita que há uma diferença entre mentir e fazer ficção? Ficção, contar/inventar uma história, é a mesma coisa que mentir?

R. _____

_____

_____

_____

_____

_____

_____

_____

_____

_____

2. *A deusa da minha rua* apresenta um conflito já utilizado em livros, filmes, letras de música etc.: as dificuldades do amor quando enfrenta barreiras sociais. Ou seja, quando um é rico e o outro, pobre. Essa é apenas uma das características românticas da história. Outra é a descrição do personagem Edu e da maneira como ele reage, por não conseguir namorar Fabiana. Como em muitos poemas e romances do período romântico, como é que fica nosso Edu, apaixonado sem esperanças? Ele poderia agir de outra maneira? Como, por exemplo?

R. _____

_____

_____

_____

_____

_____

6. E o que você acha da decisão deles de não chamarem a polícia, quando a brincadeira transformou-se num sequestro de verdade?

R. _____
_____
_____
_____
_____

7. No epílogo, o autor confessa um duplo sentido para a frase: "Portanto, não posso garantir a veracidade do que aconteceu depois, conforme procedi no tocante à história propriamente dita". Que duplo sentido seria esse? Você ficaria decepcionado se soubesse que afinal foi inventada? Por quê?

R. _____
_____
_____
_____
_____
_____
_____
_____

Linguagem

8. Observe a fala de Chaminé (cap. 6). O que querem dizer expressões como:

farnel: _____

refrigerador: _____

tirar proveito: _____

supimpa: _____

9. E o que você acha da maneira de expressar-se dele? Por quê?

R. _____
_____
_____

10. Agora, observe as falas da portuguesinha Rita de Cássia (cap. 16). O que querem dizer as palavras:

estrambótico: _____

mandriões: _____

pândegas: _____

11. Finalmente, observe a fala de Canela (cap. 19). Se você tivesse que reescrevê-la num português mais de acordo com a gramática, como o faria?

R. _____
_____
_____
_____
_____
_____

12. Faça um comentário sobre como a maneira de falar tem a ver com o jeito de ser de cada personagem.

R. _____
_____
_____
_____
_____
_____
_____
_____

■ Redigindo

13. Que tal um debate em classe sobre o tema: Verdade e Ficção? Ou seja, você tem certeza de que aquilo que um filme mostra sobre a vida de um personagem real não é inventado? Nadinha? Nada mesmo? Por outro lado, numa telenovela, onde todo mundo sabe que a história é inventada... O que fazem lá coisas verdadeiras e atuais, tais como Internet, preconceitos, fatos a respeito dos quais todo mundo leu no jornal e coisas assim? Isso é verdade dentro da ficção? Como dá para separar uma da outra? Que confusão, heim? Após o debate, escreva um texto argumentativo deixando clara a sua opinião.

14. Edu é um jogador de futebol amador, sonhando em jogar no Timão. Mas poderia ser em outro time qualquer, ou ser como muitos garotos que trabalham de dia, estudam à noite e têm seus sonhos. Na sua vizinhança, será que não há uma pessoa assim, da sua idade, que valha a pena entrevistar? E depois, que tal contar a história dele, ou apresentar em classe a entrevista, com fotos e tudo o mais, inclusive da pessoa exercendo suas atividades?

15. O que você sabe sobre cavernas? Como se chama essa atividade de explorá-las? Que seres as habitam? Que coisas diferentes podem ser encontradas nelas? Há cavernas ou grutas famosas, pelas quais pessoas costumam fazer excursões, perto de onde você mora? Sabia que há quem diga que, dentro das cavernas, o mundo é inteiramente diferente? Faça uma pesquisa sobre o assunto e redija um artigo enciclopédico, preferencialmente ilustrado, expondo o que descobriu a respeito do assunto.

3. Quando você acha que a história de *A deusa da minha rua* está acontecendo? E em que lugar?

R.

4. O pai de Fabiana afasta Edu dizendo: "Não admito minha filha andando por aí com qualquer um, um pivete sujo de graxa, filho de gentinha" (cap. 3). Aqui há uma clara situação de preconceito acontecendo. Qual é ela? O que você acha da postura do Tavares, pai da Fabiana?

R.

5. O que você acha da atitude dos amigos de Edu, ao raptar a Fabiana?

R.

Para qualquer comunicação sobre a obra, entre em contato:

SAC 0800-0117875
De 2ª a 6ª, das 8h30 às 19h30
www.editorasaraiva.com.br/contato

Escola: _____

Nome: _____

_____

Ano: _____ Número: _____

*C*arlos Felipe Moisés nasceu em São Paulo, capital, onde também cresceu, num tempo em que a cidade não tinha televisão, *videogame, shopping center...* Quando se tratava de alimentar a fantasia, a turma lia pra valer: Monteiro Lobato, Mark Twain, *Os três mosqueteiros, As mil e uma noites, O tesouro da juventude...* No seu caso, virou mania, para o resto da vida.

Publicou seu primeiro livro aos dezoito anos, formou-se em Letras pela USP, virou professor de Literatura e crítico literário e continuou escrevendo.

Não tem nada contra a TV, o *videogame*, o computador, os esportes radicais e os *shoppings*, que aprendeu a curtir também, sobretudo com os filhos, à medida que estes iam crescendo, na mesma cidade, tão diferente da outra!

Nem melhor nem pior, só diferente. Tanto que volta e meia ele encontra por aí gente parecida com Edu, Fabiana, Giba, Chaminé, Leninha, Marcão... todos extraídos de suas lembranças (ou fantasias?) daquele tempo.

É que o *tempo* da literatura, como diria Vinicius, é quando.

COLEÇÃO JABUTI

4 Ases & 1 Curinga
Adeus, escola ▼◆🗐☒
Adivinhador, O
Amazônia
Anjos do mar
Aprendendo a viver ◆⌘■
Aqui dentro há um longe imenso
Artista na ponte num dia de chuva e neblina, O ✳★⌗
Aventura na França
Awankana 🖋☆⌗
Baleias não dizem adeus ✳📖⌗○
Bilhetinhos ◉
Blog da Marina, O ⌗🖋
Boa de garfo e outros contos ◆🖋⌘⌗
Bonequeiro de sucata, O
Borboletas na chuva
Botão grená, O ▼🖋
Braçoabraço ▼🏷
Caderno de segredos ❏◉🖋📖⌗○
Carrego no peito
Carta do pirata francês, A 🖋
Casa de Hans Kunst, A
Cavaleiro das palavras, O ★
Cérbero, o navio do inferno 📖☑⌗
Charadas para qualquer Sherlock
Chico, Edu e o nono ano
Clube dos Leitores de Histórias Tristes 🖋
Com o coração do outro lado do mundo ■
Conquista da vida, A
Contos caipiras
Da costa do ouro ▲⌗○
Da matéria dos sonhos 📖☑⌗
De Paris, com amor ❏◉★📖⌘☒⌗
De sonhar também se vive...
Debaixo da ingazeira da praça
Delicadezas do espanto ◉
Desafio nas missões
Desafios do rebelde, Os
Desprezados F. C.
Deusa da minha rua, A 📖⌗○
Devezenquandário de Leila Rosa Canguçu ➔
Dúvidas, segredos e descobertas
É tudo mentira
Enigma dos chimpanzés, O
Enquanto meu amor não vem ●🖋⌗
Escandaloso teatro das virtudes, O ➔☺
Espelho maldito ▼⌘

Estava nascendo o dia em que conheceriam o mar
Estranho doutor Pimenta, O
Face oculta, A
Fantasmas ⌗
Fantasmas da rua do Canto, Os 🖋
Firme como boia ▼⌗○
Florestania 🖋
Furo de reportagem ❏◉◉📖🏷⌗
Futuro feito à mão
Goleiro Leleta, O ▲
Guerra das sabidas contra os atletas vagais, A 🖋
Hipergame 🐚📖⌗
História de Lalo, A ⌘
Histórias do mundo que se foi ▲🖋◉
Homem que não teimava, O ◉❏◉🏷○
Ilhados
Ingênuo? Nem tanto...
Jeitão da turma, O 🖋○
Lelé da Cuca, detetive especial ☑◉
Leo na corda bamba
Lia e o sétimo ano 🖋■
Liberdade virtual 🖋
Lobo, lobão, lobisomem
Luana Carranca
Machado e Juca ✝▼●☞☑⌗
Mágica para cegos
Mariana e o lobo Mall 📖⌗
Márika e o oitavo ano ■
Marília, mar e ilha 🗐🐚🖋
Mataram nosso zagueiro
Matéria de delicadeza 🖋☞⌗
Melhores dias virão
Memórias mal-assombradas de um fantasma canhoto
Menino e o mar, O 🖋
Miguel e o sexto ano 🖋
Minha querida filhinha
Miopia e outros contos insólitos
Mistério de Ícaro, O ◉🏷
Mistério mora ao lado, O ▼◉
Mochila, A
Motorista que contava assustadoras histórias de amor, O ▼● 🗐⌗
Muito além da imaginação
Na mesma sintonia ⌗■
Na trilha do mamute ■🖋☞⌗
Não se esqueçam da rosa ♠⌗
Nos passos da dança
Oh, Coração!

Passado nas mãos de Sandra, O ▼◉⌗○
Perseguição
Porta a porta ■🗐❏◉🖋⌘⌗
Porta do meu coração, A ◆🏷
Primavera pop! ◉📖🏷
Primeiro amor
Que tal passar um ano num país estrangeiro?
Quero ser belo ☑
Redes solidárias ◉▲❏🖋🏷⌗
Reportagem mortal
Riso da morte, O
romeu@julieta.com.br ❏🗐⌘⌗
Rua 46 ✝❏◉⌘⌗
Sabor de vitória 🗐⌗○
Saci à solta
Sardenta ☞📖☑⌗
Savanas
Segredo de Estado ■☞
Sendo o que se é
Sete casos do detetive Xulé ■
Só entre nós – Abelardo e Heloísa 🗐■
Só não venha de calça branca
Sofia e outros contos ☺
Sol é testemunha, O
Sorveteria, A
Surpresas da vida
Táli ☺
Tanto faz
Tenemit, a flor de lótus
Tigre na caverna, O
Triângulo de fogo
Última flor de abril, A
Um anarquista no sótão
Um balão caindo perto de nós
Um dia de matar! ●
Um e-mail em vermelho
Um sopro de esperança
Um trem para outro (?) mundo ✳
Uma janela para o crime
Uma trama perfeita
Vampiria
Vera Lúcia, verdade e luz ❏◆◉⌗
Vida no escuro, A
Viva a poesia viva ●❏◉🖋📖⌗○
Viver melhor ❏◉⌗
Vô, cadê você?
Yakima, o menino-onça 🐚○
Zero a zero

★ Prêmio Altamente Recomendável da FNLIJ
☆ Prêmio Jabuti
✳ Prêmio "João-de-Barro" (MG)
▲ Prêmio Adolfo Aizen - UBE
🐚 Premiado na Bienal Nestlé de Literatura Brasileira
☞ Premiado na França e na Espanha
☺ Finalista do Prêmio Jabuti
🐝 Recomendado pela FNLIJ
✱ Fundo Municipal de Educação - Petrópolis/RJ
◉ Fundação Luís Eduardo Magalhães

● CONAE-SP
⌗ Salão Capixaba-ES
▼ Secretaria Municipal de Educação (RJ)
■ Departamento de Bibliotecas Infantojuvenis da Secretaria Municipal da Cultura/SP
◆ Programa Uma Biblioteca em cada Município
❏ Programa Cantinho de Leitura (GO)
♠ Secretaria de Educação de MG/EJA - Ensino Fundamental
☞ Acervo Básico da FNLIJ
➔ Selecionado pela FNLIJ para a Feira de Bolonha

🖋 Programa Nacional do Livro Didático
📖 Programa Bibliotecas Escolares (MG)
🐚 Programa Nacional de Salas de Leitura
🗐 Programa Cantinho de Leitura (MG)
◉ Programa de Bibliotecas das Escolas Estaduais (GO)
✝ Programa Biblioteca do Ensino Médio (PR)
⌘ Secretaria Municipal de Educação/SP
☒ Programa "Fome de Saber", da Faap (SP)
🏷 Secretaria de Educação e Cultura da Bahia
○ Secretaria de Educação e Cultura de Vitória